マクラウズ（カトリの家）
ウェイヴァリー駅
新市街エリア
プリンシズ・ストリート
エディンバラ城

カトリと夜の底の主

東曜太郎

Higashi Yotaro

講談社

カトリと夜《よる》の底《そこ》の主《あるじ》

Contents

リズはカトリに手紙を書く

自分だけの秘密《ひみつ》を持つのは、たまらなく気持ちがいいことだ。だれかと秘密を共有するのも悪くはない。だけれども、自分が話さなければこの世のだれも知《し》り得《え》ないものを、ひとりで創《つく》りだすというおこないには、原始的な楽しみがある。

一八八七年の十一月の初日、エリザベス・オールデンは、自室にこもってひとり机《つくえ》に向かっていた。机の上には束ねられた資料《しりょう》の山と、大判《おおばん》の革製《かわせい》の本が置かれている。赤黒い、鱗《うろこ》のある革で装丁《そうてい》されたそれは、長い年月のうちにゆがんで、まるで古くなった干《ほ》し肉《にく》のように醜《みにく》く、おどろおどろしい。リズはその表紙を、いとおしむように軽くなでた。

これは彼女《かのじょ》の秘密だった。家族や、最も親しい友人にも隠《かく》している本物の秘密。リズは、この本が、彼女をどこかに連れていってくれる可能性《かのうせい》があるゆいいつのものだと確信《かくしん》していた。

この本、『ネブラの年代記《ねんだいき》』を手に入れたのは一年とすこし前のことだった。

昨年の夏、リズが暮《く》らすエディンバラの街の博物館で、来場者が相次いで行方不明《ゆくえふめい》になるという事件《じけん》が起きた。博物館で働く無二の友人、カトリオナ・マクラウドからこの事件の話を聞いたリズは、半ば巻《ま》きこまれる形でこの事件の原因《げんいん》を探《さが》しもとめ、ふしぎな力を持つこの年代記に行きあたった。ふたりの活躍《かつやく》により事件は解決《かいけつ》したが、その騒動《そうどう》に乗じて、リズはこっそりとこの年代記を自分のものにしたのだった。

リズは現在《げんざい》の生活に満足していない。今いる場所はせま苦しく窮屈《きゅうくつ》で、ここにいると自分がどんどん不快《ふかい》で醜《みにく》い存在《そんざい》になってゆく。

しかし、自分の人生に満足している人間など果たしているのだろうか。

リズは自分が、我《が》が強い人間だという自覚はあったものの、もしこのようなふしぎな事件に巻きこまれなければ、世の中そんなものだとあきらめていただろう。

しかし、リズは知ってしまった。彼女《かのじょ》がいくら抵抗《ていこう》してもつきくずすことのできない、日常《にちじょう》という壁《かべ》を、いとも簡単《かんたん》にひっくりかえす、おぞましくも美しい魔法《まほう》が存在することを。そうなればもう、不満を抱《かか》えて現実を受け入れることはできない。

机《つくえ》の上のノートには、リズの前にこの年代記の所有者であったバージェス男爵《だんしゃく》がまとめた資《し》料《りょう》や、リズがこれまで経験《けいけん》した事件から得《え》られた情報《じょうほう》がまとめられている。

力の根源《こんげん》、怪物《かいぶつ》、旧《ふる》い神々

これまでの事件《じけん》の直接的《ちょくせつてき》な原因《げんいん》は、おそらく宇宙《うちゅう》からやってきた怪物の力にある。彼《かれ》らは必ずしも悪意を持たず、ただそこに存在《そんざい》するだけ。「眠《ねむ》り病《びょう》事件《じけん》」はマナドッグ・ムンヴァイルという、キャッスル・ロックで休眠《きゅうみん》していた怪物によって引きおこされた。年代記事件《ねんだいきじけん》の原因となった『ネブラの年代記』は、ディア・カダルという怪物の革《かわ》ででてきていた。(なぜこれらの怪物はそれぞれ傷《きず》ついたり、弱ったりしているのか？)

力の作用、媒体《ばいたい》

怪物は、物理的な力を使わない。彼らの力は人間の精神《せいしん》(あるいは脳《のう》。魂《たましい》はいったいどこにあるのだろう？）に作用する。マナドッグ・ムンヴァイルは、人の脳《のう》を計算機として利用していた。ディア・カダルが年代記に書きこまれた異次元《いじげん》の世界を作りだすためには、その世界を観測《かんそく》する人間を必要とした。

裏《うら》で糸を引く人物

これまでの事件《じけん》は、ウィーグラフや、バージェス男爵《だんしゃく》がそれぞれの動機で怪物《かいぶつ》の力を使って引きおこしたものだが、裏で彼《かれ》らをそそのかした人物がいる。まずは、年代記をバージェス男爵に渡《わた》したマッセルバラの教区牧師《きょうくぼくし》が最もあやしい。

年代記や資料《しりょう》から得《え》られる情報《じょうほう》には限界《げんかい》がある。この力の根源《こんげん》を探《さぐ》るには、足を使った調査《ちょうさ》が必要だ。そうなると、リズひとりでは難《むずか》しい。だれかの協力が必要となれば、思いつくのはひとりしかいない。

リズは引き出しから便箋《びんせん》を一枚《まい》取り、すこし迷《まよ》ってから手紙を書きはじめた。秘密《ひみつ》は秘密として、大きなことをなすには友人が必要だ。

カトリはふしぎな手記について調べる

スコットランドの首都、エディンバラの旧市街《きゅうしがい》は死火山の起伏《きふく》の上に築《きず》かれた街で、高低差が激《はげ》しく、至《いた》るところにせまい坂道や階段路地《かいだんろじ》が通っている。街の上層部《じょうそうぶ》には、大聖堂《だいせいどう》や、市庁舎《しちょうしゃ》、裁判所《さいばんしょ》、大学の立ちならぶ地区がある。スコットランドの博物学の中心である、エディンバラ博物館《はくぶつかん》もまた、その一角に重厚《じゅうこう》なルネサンス様式の本館をかまえていた。

一八八七年、十一月七日の朝七時、まだ博物館は開館していない。博物館で働く学芸員や研究者といった人々が、そろそろ出勤《しゅっきん》してくる時間だ。

仕事場に向かう学芸員や研究者にまじって、ひとりの少女が、カバンを肩《かた》にかけて博物館の脇《わき》の通用門をくぐっていった。背《せ》が高く、茶色い髪《かみ》をヘアバンドでまとめ、男物の大きなジャケットを羽織《はお》っている。年は十五ほどか、もう大人になりかかった風貌《ふうぼう》だ。

少女の名前はカトリオナ・マクラウド。皆《みな》にカトリと呼《よ》ばれている。この博物館で、二年前から働いている。

彼女《かのじょ》はもともとこの街の金物屋のひとり娘《むすめ》であり、博物館とは縁遠《えんどお》い世界で生きてきた。しかし、あるきっかけから、街の教区学校を卒業した十三歳《さい》のときから博物館で働きはじめたのだった。

とはいえ、街の教区学校を出たばかりで、特に高等教育を受けていないカトリにできる仕事は限《かぎ》られている。資料《しりょう》の管理簿《かんりぼ》のつき合わせや整理、研究資料を図書館に借りに行くお使い、そのほかちょっとした備品《びひん》の買い出しや郵送《ゆうそう》の手配などなど。仕事の合間には、博物館やそこで働いている研究者から初学者向けの参考書を借りたり、くわしい人にたずねたりしながら、ラテン語や論理学《ろんりがく》、歴史《れきし》などを学んでいる。

博物館で勉強をして大学に入り、ゆくゆくは研究者になりたいというのがカトリの当面の目標であり、それは博物館で働く人々のあいだでも周知のこととなっていた。

七時過ぎ、研究室に入ったカトリは、部屋の隅《すみ》っこにある机《つくえ》に、幾何《きか》や歴史の入門書を広げ、朝の勉強をはじめていた。彼女の監督役《かんとくやく》であるミセス・ドノバンは九時きっかりにやってくるので、それまで自習をするのがカトリの日課になっていた。

「おはよう、カトリ」

ふりかえると、若《わか》い男が立っている、数か月前に入ってきたセミエンという学芸員だ。たしか工芸品の展示《てんじ》を担当《たんとう》していたはずだ。

「おはようございます、セミエンさん。早いですね」

カトリはあいさつを返した。

「そうなんだよ、仕事が立てこんでいてね。こんなに日の出がおそくて薄暗《うすぐら》いと、早起きも大変だ。ここに来る前はフランスにいたもんだから、高緯度地域《こういどちいき》の暗い冬にはなかなか慣《な》れなくてね」

「この街に来る人はみんなそう言いますね。わたしにとってはこれがふつうなので、明るい冬っていうのも、なんか風情《ふぜい》がない気がします」

セミエンはひひひと神経質《しんけいしつ》な笑い声をあげた。

「一理あるね。それより、ちょっと相談があるんだ。今度、三階の北側の部屋の展示品を入れかえることになってね。もう一品、二品ならべたいんだけど、テーマに合うもので、このスペースに入るもの、思いつかないかな。小物は別にまとめて展示するから、単品で四号ケースの中にならべられるものだとありがたいんだが」

セミエンはそう言って一枚《まい》の書類をカトリに渡《わた》した。『時間と技術《ぎじゅつ》』というタイトルの企画《きかく》書《しょ》のようで、部屋の見取り図に展示《てんじ》する予定の資料《しりょう》の情報《じょうほう》が書きこまれているが、部屋の北側の隅《すみ》はまだなにを置くのか決まっていないようだ。

「君の仕事じゃないのはわかっているんだが、カトリはこの博物館の収蔵品《しゅうぞうひん》をほとんど覚えているっていうし、同僚《どうりょう》にも聞きづらくてね。ほら、僕《ぼく》はこの博物館に入ったばっかりだろ、あんまりまわりにたよりすぎると、ばかにされるんじゃないかと思って、この前なんてスペンサーさんに……」

セミエンはせかせかと話をつづける。カトリはそれをさえぎった。

「考えすぎじゃないですか？　そうですね、四号の大きさでこのテーマなら、『ジェームズ・シャープの夜時計』なんていいかも。あれ、小さいわりに結構見栄《けっこうみば》えがしますし」

「夜時計、ナイト・クロックか、いいかもしれない。それ、まだ動かせるの？」

「まさか、もう止まっていますよ」

カトリは答えた。

「そうか、でもサイズが合うならそれにしよう。助かるよ。あと、お願いつづきで悪いんだけど、詳細《しょうさい》がわかるもの、あるかな。保管番号《ほかんばんごう》と名称《めいしょう》、寸法《すんぽう》だけでいいんだけど」

セミエンはほっとしたような顔をした。

「保管室《ほかんしつ》で書きうつしてきますよ、今日中でいいですか?」

カトリは見取り図をセミエンに返した。セミエンはがくがくとうなずいた。

「ああ、かまわない、助かるよ。ハミルトンさんは資料《しりょう》を自分の目で見て展示品《てんじひん》を決めろって言うんだがね。管理簿《かんりぼ》を見せてもらってもわけがわからないし、実物を確認《かくにん》しようとしても倉庫の木箱の山の中から探《さが》さなくちゃならないしで、時間がかかるから困《こま》っていたんだ」

セミエンはそう言うと、それじゃ、よろしく、と手をあげて研究室から出ていった。

博物館で働きはじめたころは、なんのためにやっているのかわからない書類仕事に追われる不安な日々がつづいた。しかし、一年を過《す》ぎるころには苦手だったラテン語や論理学《ろんりがく》もようやく理解《りかい》が進んだし、なにより一年以上も管理簿をながめつづけたおかげで、この博物館の収蔵《しゅうぞう》品《ひん》の大半について名前や大きさ、作られた年代や制作《せいさく》された場所などの情報《じょうほう》をそらんじることができるようになっていた。

博識《はくしき》に見える研究者や学芸員も、ふだんから自分の仕事で触《ふ》れるもの以外の資料については案外把握《はあく》していないもので、カトリのこの意外な特技《とくぎ》に気づいた同僚《どうりょう》からは、たよりにされるようになっていた。

セミエンのような学芸員が自分に意見を聞きにくるなど、二年前には考えられないことだ。

たとえ自分で探《さが》すのがめんどうだというだけの動機だったとしても。

「なんとかなるもんだなあ」

カトリは独《ひと》り言《ごと》をつぶやき、歴史《れきし》の教科書のページをめくった。

九時にカトリの監督役《かんとくやく》であるミセス・ドノバンが出勤《しゅっきん》し、カトリはいつもどおり忙《いそが》しく働いた。収蔵品《しゅうぞうひん》の管理簿《かんりぼ》のメンテナンス、研究者にたのまれた資料《しりょう》を図書館に探しに行き、新しい収蔵品に保管番号《ほかんばんごう》をふってラベルをつける。次から次に仕事がまいこみ、カトリはセミエンからの依頼《いらい》をすっかり忘《わす》れてしまっていた。

あっという間に五時をまわり、帰ろうとして荷物をまとめているとき、カトリはやっとセミエンからのたのまれごとについて思いだし、慌《あわ》てて資料保管室に向かった。

資料保管室は一階の北側にある。資料の日焼けを防《ふせ》ぐために窓《まど》はなく、入り口近くにガス灯が引きこまれているだけなので、中に入るときは昼間でもランプを持っていかなければならない。

部屋の中には大きな作業机《さぎょうづくえ》がひとつ。壁際《かべぎわ》には天井《てんじょう》まで届《とど》く背《せ》の高い書棚《しょだな》があり、収蔵品の管理簿やそのほかの資料がびっちりと格納《かくのう》されている。ほかのスペースには梯子《はしご》付きの大きな棚がならび、大小いくつもの収蔵品の類いが置かれている。スペースの関係で格納されている順番がばらばらなので、どこになにがあるのか把握《はあく》するには慣《な》れが必要だ。

カトリはセミエンにたのまれた資料《しりょう》の情報《じょうほう》を書きうつそうと、管理簿《かんりぼ》を探《さが》した。

「ジェームズ・シャープの夜時計」はたしかA－13番の帳簿《ちょうぼ》に載《の》っていたはずだ。しかし、いつもあるはずの棚《たな》をのぞきこんでも、件《くだん》の帳簿が見あたらない。おそらくだれかが使ってもとの場所にもどさなかったのだろう。

困《こま》ったもんだね、とカトリはつぶやき、ランプを机《つくえ》に置いて、管理簿を探した。目的のものはすぐに見つかった。すでにいっぱいの棚に無理やり押《お》しこまれている。研究者や学芸員といっても、たまにこうして資料のあつかいが雑《ざつ》な人がいる。資料の管理を世界でいちばん重要なことだと考えているミセス・ドノバンが見つけたら、一日中愚痴《ぐち》の材料にすることだろう。

カトリはそんなことを考えながら管理簿を取ろうとした。が、あまりにもきつく押しこめられていてぬけない。カトリは腰《こし》に力を入れて引《ひ》っ張《ぱ》った。すると、背《せ》の高い書棚ごとぐらりとかたむいた。カトリはわっとさけんで飛《と》びのいたが、時すでにおそく、上のほうに絶妙《ぜつみょう》なバランスで積まれていた紙束やら本やらが、数十年もののほこりといっしょになって落ちてきた。

「あーあ、やっちゃった」

カトリは髪《かみ》についたほこりを払《はら》いながらため息をつき、書類を拾いあつめた。もう使っていない管理簿《かんりぼ》が数冊《すうさつ》。十年以上前の企画展《きかくてん》のパンフレット。採用《さいよう》に応募《おうぼ》してきた候補者《こうほしゃ》のレジュメ。古新聞。そんな資料《しりょう》にまざって、カトリは一枚《まい》の古い封筒《ふうとう》を見つけた。

「なんだろ、これ」

中には乾燥《かんそう》した便箋《びんせん》と、なにか模様《もよう》が縫《ぬ》いつけられている布《ぬの》のようなものが入っている。

興味《きょうみ》をひかれたカトリは、ポケットに入れていた手袋《てぶくろ》をはめてから、便箋を取りあげて書かれている内容《ないよう》を読みはじめた。古い文法や単語が使われているが、文章自体は英語で、すぐに読み下すことができた。

一七七六年。エディンバラに向かう途中《とちゅう》。マッセルバラという町に寄《よ》り、一晩《ひとばん》を過《す》ごした。宿を借りた家で、おもしろい昔話を聞いた。内容は次のようなものだった。

あるとき、(この話をした老婆《ろうば》が子どものころの話というから、十七世紀《せいき》の末か、十八世紀のはじめごろと思われる)漁師《りょうし》の網《あみ》におかしなものがかかった。巨大《きょだい》な亀《かめ》のようだが、顔が狼《おおかみ》のように長く、目は両側に三つずつ、全部で六つもあった。町の人々は海の魔物《まもの》だとうわさし、凶事《きょうじ》の先触《さきぶ》れだと怯《おび》えた。その生きものは、その日の夜のうちに、忽然《こつぜん》と姿《すがた》を消した。

ふしぎなことに、生きものを網にかけた漁師の若者《わかもの》も同じように姿が見えなくなった。

ふた月ほどのち、漁師の若者は町にもどってきた。すっかり老《ふ》けこんで、胸《むね》には赤《あか》ん坊《ぼう》をかかえていた。帰ってきた漁師は、夜の底で何年ものあいだ、美しい女性《じょせい》といっしょに暮《く》らしていたと皆《みな》に話した。

漁師はほどなくして流行病《はやりやまい》にかかって亡《な》くなった。イードリンと名付けられた赤ん坊は、驚《おどろ》くような速さで育った。一歳《さい》で読み書きを覚え、五歳になるころには大人と変わらぬ背丈《せたけ》の、美しい青年に成長した。

六歳を過《す》ぎたイードリンは、天体図を作り、町の人々に宇宙《うちゅう》の仕組みとこの世の終わりについて話して聞かせるようになった。

十歳《さい》になる年、イードリンは夜の底に帰ると言いのこして、町から姿《すがた》を消した。

イードリンはいなくなる前に村人と契約《けいやく》を交《か》わした。その契約にしたがい、村人は夜、眠《ねむ》っているあいだ、彼《かれ》に瞳《ひとみ》をあたえた。そのかわりに、イードリンは彼が作った天体図を通して、人々にお告《つ》げをあたえつづけたという。


昔話をしてくれた老婆《ろうば》が言うには、この町の住民は今でも、イードリンが住む世界を夜の夢《ゆめ》に見ることがあるという。

「そこはとても美しいところ。天には光の輪があり、その中に眩《まばゆ》い星空が見えるのです」

老婆はそう言って、イードリンが作った天体図だという刺繡《ししゅう》を私《わたし》に見せてくれた。私はこの刺繡された布《ぬの》を買いとろうとしたが、老婆は頑《がん》として譲《ゆず》ってくれなかった。私は老婆の息子《むすこ》に金をやって、エディンバラに出発する前にその布をこっそりと入手した。

カトリは、便箋《びんせん》から目をあげた。偶然《ぐうぜん》見つけた資料《しりょう》だが、なかなか興味《きょうみ》をひかれる内容《ないよう》だ。ここに出てくる地名は、カトリもよく知っているものだ。エディンバラも出てくるし、マッセルバラというのはこの街から東に馬車で一時間ほどの小さな海辺の町だ。カトリは行ったことがないが、ずいぶん古くからある町だという話を聞いたことがある。

カトリは封筒《ふうとう》の中のもうひとつの内容物《ないようぶつ》に目を移《うつ》した。折りたたまれた古い布《ぬの》。これが手記にあった天体図なのだろうか。カトリは布が傷《いた》まないよう気をつけながら、そうっとその小さなタペストリーのようなものを広げた。

布に描《えが》かれているものは、カトリの予想したような風景画ではなく、まるで機械の設計図《せっけいず》のような、幾何学的《きかがくてき》なものだった。

布の真ん中にはふたつの同心円が描《か》かれている。小さい円の内部は暗く、その中心には獣《けもの》のようなものが描かれ、その横にふたりの人物が立っている。人物のうちひとりは大きく、もうひとりは小さい。外側の円と内側の円のあいだには、月と太陽、そして村のようなものが描かれている。さらにその外側には紺色《こんいろ》の糸で縫《ぬ》いつけがされており、黄色い星が描かれている。星の横には、いくつかの目と口がついている雲のようなものがあった。

図の下部にはなにやら文字が縫《ぬ》いつけられている。ひとつは「TOISEACH」、もうひとつは「CRIOCH」と読めた。そこから下はなぜか、破《やぶ》かれたようになくなっていた。

　これがさっきの手記にある、イードリンという天才児が残したという天体図なのだろう。大層《たいそう》な名前のわりにシンプルなものだが、独特《どくとく》の構図《こうず》はたしかに子どもの作ったものとは思えない。

　カトリはその手記が入っていた封筒《ふうとう》を見た。管理番号は「８５３Ｋ１６３」とある。現在《げんざい》、博物館で使っている番号の形式ではない。おそらく番号をふりなおしたときに見落とされ、情報《じょうほう》が最近の管理簿《かんりぼ》に引きつがれなかったのだろう。先頭の三桁《みけた》は博物館に収蔵《しゅうぞう》された年を示《しめ》しているはずだから、一八五三年、三十年ほど前にこの博物館に

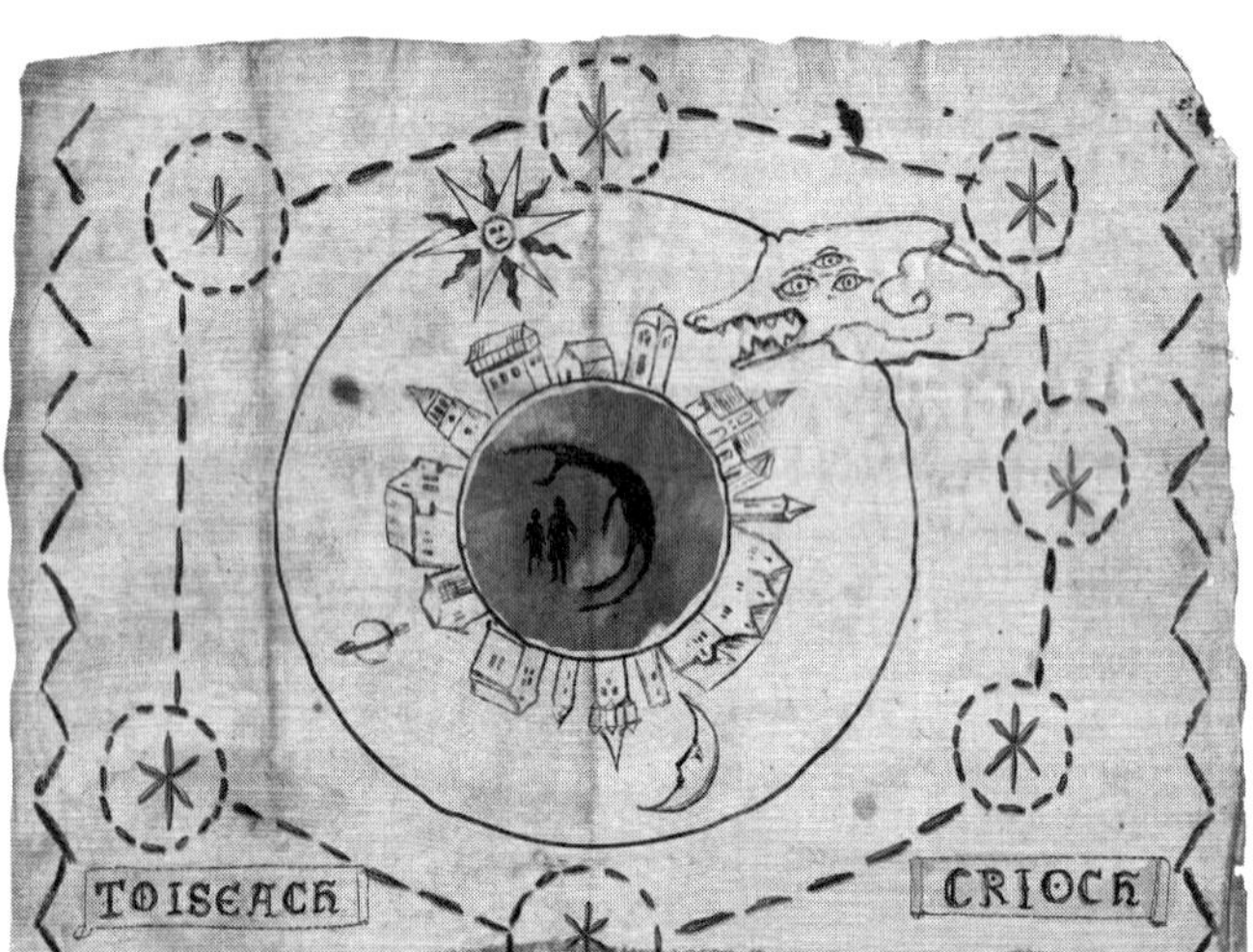

収蔵《しゅうぞう》されたようだ。

そんなことを考えていると、うしろから声をかけられた。

「カトリ、ここにいたか」

ふりかえると、この博物館の館長のハミルトンが、保管室《ほかんしつ》に入ってくるところだった。

ハミルトン博士は研究者としてはめずらしく、見た目に気を遣《つか》う男だ。仕立てのよいジャケットをまとい、まるで絵筆で描《か》いたようなカイゼルひげがぴんと上を向いている。背《せ》は低いが恰幅《かっぷく》がよく、いつも貴族然《きぞくぜん》とした大袈裟《おおげさ》なふるまいをする。

カトリは二年前、偶然《ぐうぜん》この男と知りあった。そもそもカトリがこの博物館で働きはじめたのも、ハミルトンの力添《ちからぞ》えがあってのことだった。

こんにちは館長、と返事をしながら、カトリはふしぎに思った。偶然通りかかったわけではなく、カトリに用があるような言いかただ。ハミルトンがこの博物館にいるのは、一年のうち半分くらいだし、そもそも館長と雑用《ざつよう》のカトリとでは仕事で顔を合わせることはほとんどない。

「おそい時間までご苦労。なにを見とるんだ？」

ハミルトンは用件《ようけん》をすぐに切りだす気はないようだ。

「おもしろい手記を見つけたんです。これなんですけど」

カトリは手袋《てぶくろ》といっしょに手記を渡《わた》した。

ハミルトンは手袋をつけてから手記を受けとると、椅子《いす》に座《すわ》ってそれを読みはじめた。

カトリは、ハミルトンがカトリの三倍くらいの速さで手記の文章を読むのをだまってながめていた。

「君の言うとおり、興味《きょうみ》をそそられるな。マッセルバラも地名として馴染《なじ》みのあるものだし、このイードリンという子どもの話もおもしろい」

ハミルトンはトレードマークのカイゼルひげをしごきながら言った。

『**一歳《さい》で読み書きを覚え、五歳になるころには大人と変わらぬ背丈《せたけ》の、美しい青年に成長した**』か。この手の怪童《かいどう》が出てくる民話で思いだすのは、チェンジリング、取《と》り替《か》え子《こ》の話だな。若《わか》いころ、アイルランドで大規模《だいきぼ》なフィールドワークをやったことがある。知っているかい？」

カトリは首をふった。

「ああ、ケルト文化圏《ぶんかけん》を中心に、さまざまな国でつたえられる民話だよ。親の目が離《はな》れたすきに、エルフやトロールが自分の子どもと人間の赤《あか》ん坊《ぼう》をすりかえる、という内容《ないよう》のものだ。小さな子どもが『ふつうではない』様子をしめすとき、つまり、体が弱かったり、ふしぎな言動をしたり、年に比《くら》べて賢《かしこ》すぎる場合、昔の人々は我《わ》が子《こ》が妖精《ようせい》の子とすりかえられたと信じ、あるいはそう説明したんだ」

ハミルトンは自分の言葉にうなずきながら言った。

「この手記も、その民話のバリエーションのひとつなんでしょうか」

カトリがたずねた。

「いくつかの点で話の構造《こうぞう》がちがうが、関連はあるかもしれないな。ところで、この資料《しりょう》の由来は？」

「それが、管理番号が古い形式のままなんです。たぶん、番号を更新《こうしん》するときにぬけ落ちちゃったのかと。古い管理簿《かんりぼ》には載《の》っているはずなので、探《さが》してみようと思います」

「探して、どうするんだね」

ハミルトンが目をあげて言った。

「特にどうするってことはないですけれど。単純《たんじゅん》な好奇心《こうきしん》です」

カトリがそう答えると、ハミルトンは笑《え》みを浮《う》かべた。

「いいことだ。自分で謎《なぞ》を見つけることができる人間はこの職場《しょくば》に向いている。しかし、そうだな。なにかアウトプットがあったほうが、張《は》り合《あ》いがあるだろう」

ハミルトンはそう言うと、ちょっとその資料《しりょう》を持ってついてきたまえ、とカトリに声をかけ、資料保管室《しりょうほかんしつ》を出ていった。カトリは油紙で資料を包み、ハミルトンのあとにつづいた。

ハミルトンは研究室に入ると、部屋の端《はし》の机《つくえ》でなにやら書き物をしているひとりの女性《じょせい》に声をかけた。ダニエラ・スペンサー、この博物館ゆいいつの女性の研究者だ。気だるげで、一見無愛想な人物だが、カトリは彼女《かのじょ》に勉強を見てもらったりと、なにかと世話になっている。

「ちょっといいかね、スペンサー君」

顔をあげたスペンサーは、ハミルトンとカトリの組み合わせに、警戒《けいかい》するような目つきをした。なにかめんどうごとの匂《にお》いを感じとったようだ。

「館長にカトリ、どうしました？　ちなみに私《わたし》、今、すごく忙《いそが》しいんですよね」

スペンサーが必死に牽制《けんせい》するも、ハミルトンはひるまない。

「ああ、もちろんそうだろう。仕事は優秀《ゆうしゅう》な人間に集まるものだ。平凡《へいぼん》な人間にはどうしてもやれる仕事の質《しつ》にも量にもかぎりがあるからね。そこで、ひとりの凡人として有能《ゆうのう》な君にたのみがあるんだが、聞いてくれるかね」

「いや、そういう意味ではなく……。それで、用件《ようけん》とはなんでしょうか」

ハミルトンの言葉に、スペンサーはあきらめたような表情《ひょうじょう》で言った。

「ああ、君が編集《へんしゅう》している、隔月発行《かくげつはっこう》のパンフレットがあるだろう。うちの収蔵品《しゅうぞうひん》の小話や短い論考《ろんこう》なんかを載《の》せているあれだ。そこにカトリのレポートを載せてやってくれないか？」

急に話を向けられたカトリは、えっ、と声を出した。

「あの冊子《さっし》ですか？　カトリ、君、レポートなんか書いてたの？」

スペンサーはいぶかしげにカトリにたずねる。カトリは慌《あわ》てて、いいえ、と答えた。パンフレットというのは心あたりがある。ロビーの隅《すみ》の机《つくえ》に、館内地図といっしょに置かれているものだ。一般来場者《いっぱんらいじょうしゃ》向《む》けに、収蔵品の紹介《しょうかい》や、インタビュー、特集記事などを載せている。

「レポートはまだない。君の指導《しどう》でカトリがこれから書く。この子がちょうどおもしろい資料《しりょう》を見つけたようだから、それを材料にしてくれ」

ハミルトンが迫力《はくりょく》のある笑顔《えがお》を見せる。反対に、スペンサーはげっそりとした表情を浮《う》かべた。

「あの、館長、これはどういうことですか？」

カトリはたまらず口を挟《はさ》んだ。

「ただの思いつきだ。君もたまにはこういう挑戦《ちょうせん》があったほうがいい。それじゃあ、スペンサー君、たのんだよ。完成したら、出稿《しゅっこう》する前に私《わたし》に一度見せてくれ」

ハミルトンはそう言いのこすと、ではよろしく、とスペンサーに目配せし、踵《きびす》を返して研究室を去っていった。残されたカトリとスペンサーは顔を見合わせた。

「すみません、スペンサーさん。いきなり館長に話しかけられたと思ったら、なんかめんどうなことになっちゃって」

成り行き上しかたがなく、カトリはあやまった。

「あのおっさん、なにか企《たくら》んでるぞ。ただ単に君の教育を考えてってわけじゃないだろ」

スペンサーはハミルトンが出ていった扉《とびら》をじろりとにらみ、しかたがないか、とため息をついてカトリに向きなおった。

「で、館長が言ってた資料《しりょう》ってなにさ？」

カトリは、これです、と言って油紙で包んだ手記をスペンサーに渡《わた》した。スペンサーは手袋《てぶくろ》をはめ、資料に目を通す。

「なるほどねえ、なかなかへんてこな資料を見つけてきたじゃないか」

そう言うと、スペンサーは腰《こし》をあげ、うずたかく積みあげられた古新聞やら資料やらをひっくりかえしてなにかを探《さが》しはじめた。

「先月号、どこにあったっけなあ。あ、あった、あった」

スペンサーは資料《しりょう》の山から発掘《はっくつ》した一冊《さつ》の冊子をカトリに渡《わた》した。さっきハミルトンが言及《げんきゅう》していたパンフレットだ。十ページほどの冊子で、表紙にはこの博物館の正門の絵が描《えが》かれている。

「ロビーに置かれているから知っていると思うけど、来館者向けに作ってるパンフレット。読んだことある？」

「ええと、ないです。ごめんなさい」

カトリはあやまりながらパンフレットをめくった。それぞれのページに記事が掲載《けいさい》されている。『イコンの歴史《れきし》と美術的発展《びじゅつてきはってん》』『暗い海を照らす——灯台の技術《ぎじゅつ》と歴史——』『地獄《じごく》のイメージについて、ダンテ、曼荼羅《まんだら》、ジャハンナム』などなど。裏表紙《うらびょうし》には編集者《へんしゅうしゃ》の名前が書いてある。カトリの知らない名前だった。

「このアデライン・C・ペルセンってだれですか？　博物館にこんな名前の人、いましたっけ？」

「いいや、あんたもよく知っている人物だよ。つづりをよく見てみな」

スペンサーがニヤリと笑う。カトリは言われたとおり、冊子に印刷されている名前をながめた。Adaline C Persen《アデライン シー ペルセン》、字面《じづら》にどこか見覚えがある。

「ヒント、その名前の文字を入れかえると、だれかの名前になるよ」

そう言われ、カトリはひらめいた。

「あ、これ、スペンサーさんだ、Daniela《ダニエラ》 Spencer《スペンサー》のアルファベットを入れかえると、Adaline C Persenになるもの」

「正解《せいかい》。文字を入れかえて別の単語を作ることをアナグラムというんだよ。これ、学生時代に作った私《わたし》のペンネームなんだ。研究以外の仕事をするときはこっちを使っている」

スペンサーはにやりと笑った。

「へえ、かっこいいですね。アナグラムの筆名、わたしも作ってみようかな」

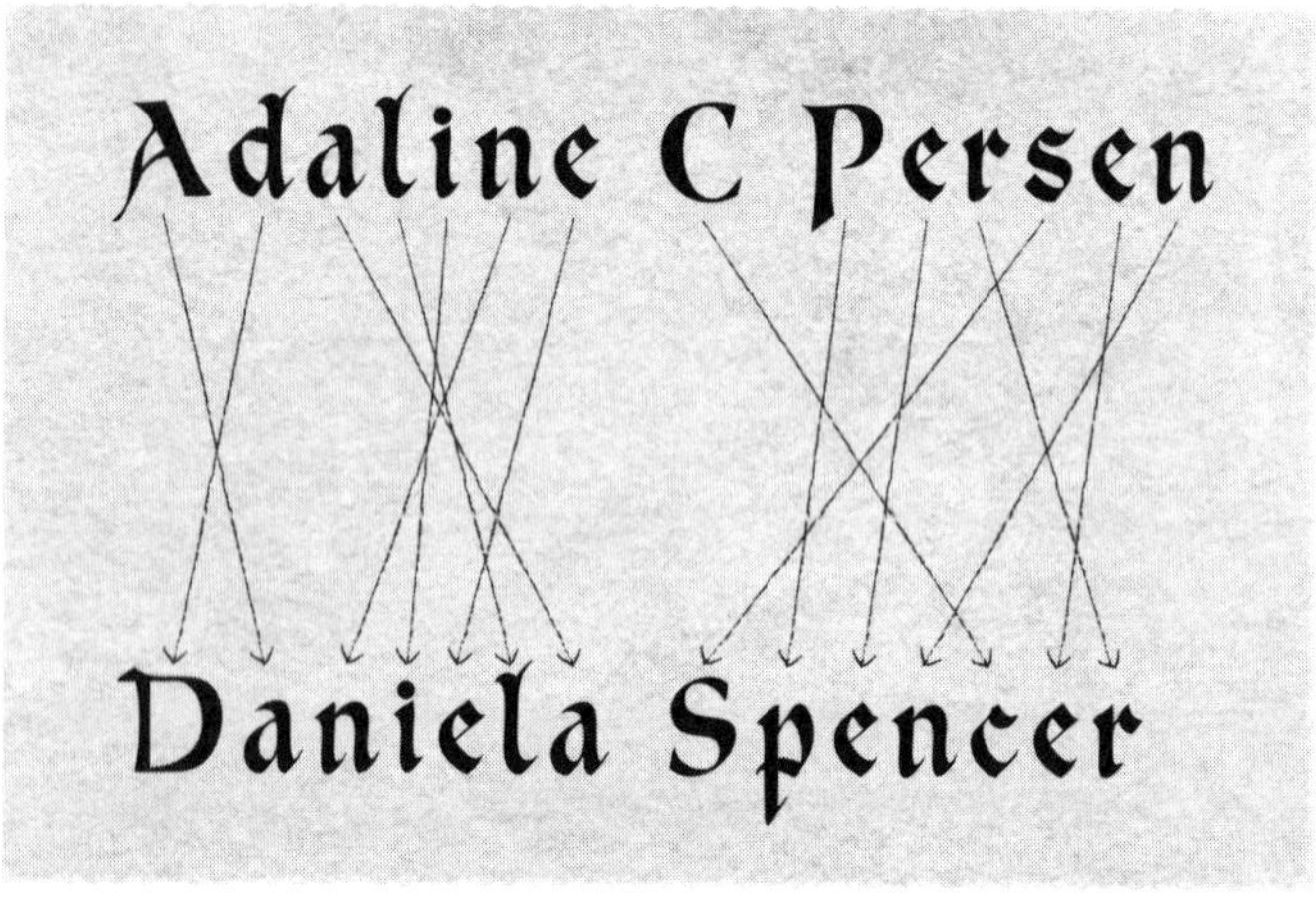

「そんなふうに言われると、かえって恥《は》ずかしくなるな。ま、そんなことはどうでもいい。とにかく、この冊子《さっし》の編集《へんしゅう》は私《わたし》がやっているんだ。正確《せいかく》に言えばやらされているんだけど」

スペンサーがぼそりと付けくわえる。

「それで、この冊子の一ページ分、枠《わく》をあげるから、今見せてくれた資料《しりょう》について、簡単《かんたん》なレポートを書いてきてくれるか？　そうすれば館長の気もすむだろう」

「レポートって、具体的にはなにを書けばいいんですか？」

「君の見つけた資料はそれだけでなかなかおもしろいから、その昔話の紹介《しょうかい》と、資料の来歴《らいれき》、それから書かれた時代の社会背景《しゃかいはいけい》を解説《かいせつ》して、この手記の内容《ないよう》と結びつければじゅうぶんかな。この天体図とやらもなかなか見栄《みば》えがするから、スケッチをパンフレットに載《の》せて、同じタイミングでどこかに展示《てんじ》するのもいいかもしれない」

スペンサーはこともなげに言った。カトリはわかったような、わからないような心持ちで、はあ、と相槌《あいづち》を打った。

しかし、よく考えれば、これはなかなかいい機会かもしれない。博物館に入ってから、カトリはさまざまな仕事をしてきたが、長い文章を書くという経験《けいけん》はまだない。いつか研究者を目指すのであれば、館長の言うように、このような機会は歓迎《かんげい》すべきだろう。カトリはもともと小説を読むのが好きなこともあり、いつか自分で文章を書いてみたいと思っていたのだ。

「それ、印刷して、活字になるんですよね」

カトリは気になったことをたずねてみた。

「はは、まあうまく書ければね。名前も載《の》るよ」

「やりたいです！　おもしろそう」

カトリは前のめりになって言った。自分の名前が活字になるというのは悪くない。

「オーケイ、決まりね。一応《いちおう》記事を載せる前に私《わたし》が確認《かくにん》して、必要なところは手を入れるよ。それと、レポートを書くにあたって触《ふ》れるべき、具体的な要素《ようそ》を今から言うから、メモを取りなさい」

スペンサーはふたたび手袋《てぶくろ》をはめ、カトリが持ってきた手記を広げてぶつぶつと読みあげ、人差し指を立てた。

「まずひとつ目は、この手記を書いた人物の詳細《しょうさい》と、どういう経緯《けいい》でこの博物館に入ってきたのかを調べること。さっきカトリが言ったように、古い管理簿《かんりぼ》に載っているだろうから、そこを確認すればいいだろう」

そう言いながらスペンサーは二本目の指を立てた。

「ふたつ目。この資料《しりょう》が書かれた時代のマッセルバラの時代的な背景《はいけい》を調べること。マッセルバラの町自体の資料はすくないだろうから、スコットランド全体の政治《せいじ》、社会史《しゃかいし》を見ておくといいよ。ついでに、この天体図とやらについても調べてみな、ここに書いてある単語の意味なんかはすぐに確認《かくにん》できるはず」

カトリはスペンサーの言葉をメモに取った。

「最後、この文章の内容《ないよう》の裏《うら》をとること。むろん、嘘《うそ》か本当かってことじゃなくて。この昔話が当時の社会の一部をどのように反映《はんえい》しているのか、あるいは真実の一部が変形された形で書かれていないかということを調べる。うん、これはちょっと難《むずか》しいね。私《わたし》だったら、マッセルバラの町の教会かどこかに当時の教会税《きょうかいぜい》の帳簿《ちょうぼ》が残っていないか、探《さが》してみるかな」

「税帳簿、ですか？」

「ああ、当時の帳簿を一年ごとに見比《みくら》べてみて、住民の変化を見てみるんだ。例えばここに書かれている一七〇〇年前後に漁師《りょうし》が流行病《はやりやまい》で亡《な》くなって、同名の幼《おさな》い子どもがひとり残されたと思われる記録があれば、この昔話の原型《げんけい》かもしれないという推測《すいそく》が立てられるだろ」

「マッセルバラに行っても、わたしなんかに資料を見せてくれますかね？」

「本当にマッセルバラに行く気なら、私から館長に言って、手紙を書いてもらうよ。君がこの博物館で働いていて、調査《ちょうさ》のために資料《しりょう》を見せてあげてほしいと一筆《いっぴつ》書けば、信用を得《え》られるだろう」

「わかりました。予定を確認《かくにん》して、マッセルバラに行くことになったらつたえますね」

スペンサーがうなずいたとき、背後《はいご》から遠慮《えんりょ》がちな声がした。ふりかえると、セミエンが気まずげに立っている。

「あのう、カトリ、例のメモはどうなってるかな？　ナイト・クロックの……。急《せ》かすようで悪いんだが、もうすぐドッジ副館長に報告《ほうこく》しなくちゃいけなくてね」

カトリはあっと声をあげた。

「あ、まずい。また忘《わす》れてた。スペンサーさん、ありがとう。まずはレポートの材料、集めてみます」

カトリはそう言うと、資料をまとめて小走りで保管庫《ほかんこ》にかけていった。

カトリはリズの家を訪《おとず》れる

カトリはどこか知らない海沿《うみぞ》いの町を歩いている。黄昏時《たそがれどき》のようで、薄紫色《うすむらさきいろ》の不吉《ふきつ》な色の空が広がっている。静かな波音が聞こえる。

道の先に、一軒《けん》だけあかりのついた家がある。カトリはその家に向かおうとして、足を一歩踏《ふ》みだした。と思ったら足元に大穴《おおあな》が空いている。カトリは真《ま》っ逆《さか》さまに虚空《こくう》に落ちていった。

「うわっ」

カトリはさけび声をあげて飛びおきた。いつもの自分の部屋、ベッドの上。どうやら悪い夢《ゆめ》を見ていたようだ。カトリは胸《むね》をおさえて深呼吸《しんこきゅう》をし、気分を落ちつけた。

今日は日曜日だ。カトリはすこしおそめに起きてシャツとスカートだけ身につけ、寝癖《ねぐせ》を手で撫《な》でつけながら階下に下りた。カトリの家はエディンバラの旧市街《きゅうしがい》、王城通《おうじょうどお》りに小さな店をかまえる金物屋『マクラウズ』だ。カトリも博物館で働きはじめる前は、金物仕事や配達をして養父母を手伝っていた。

朝食になにかを食べようとキッチンの戸棚《とだな》を物色していると、となりの作業部屋から工作機械を動かす音が聞こえてくる。中をのぞくと、白髪《しらが》まじりのひげを伸《の》ばした人物と若《わか》い男が、なにやら大きな機械の前に座《すわ》って作業をしている。

「ジョシュ、フィル、おはよう」

カトリは、カチカチに硬《かた》くなった古いパンに乾《かわ》いたバターを塗《ぬ》ってかじりながら、ふたりに声をかけた。

「おはよう、カトリ。さっきのさけび声、ありゃいったいどうしたんだ？」

ふりむいてカトリに声をかけたひげの男の名前はジョシュ、カトリの養父だ。数年前に体を壊《こわ》してからは仕事を休んでいたが、ここ二年ほどは、体調のよいときに作業場に出たり、夕食を作ったりしている。

「どっかから落っこちる夢《ゆめ》を見て飛びおきたんだ。最近よく見るんだよね」

「俺《おれ》も、カトリくらいの年のころには、そんな夢をよく見ていたよ。歳《とし》をとったら、いつのまにか見なくなったがね」

「まったく、心臓《しんぞう》に悪いよ。ところで、ふたりとも、朝っぱらからなにをしているの？」

「カトリさん、見ます？　修理《しゅうり》して、油をさしてみたら、これがなかなか使えるんですよ」

機械の前にかがみこんでいる若者《わかもの》がふりかえって言った。彼《かれ》の名前はフィル。去年から『マクラウズ』で働いている。今年十五歳《さい》のカトリよりふたつ年上の、ひょろりとした若者だ。もともとは靴屋《くつや》の三男坊《さんなんぼう》で、商家の子らしく、年下のカトリに対してもていねいな物腰《ものごし》をくずさない。

ふたりが動かしている機械は足踏《あしぶ》み式旋盤《しきせんばん》という機械だ。去年どこかの工場が機械を入れかえるという話をカトリの養母のエリーが聞きつけて、格安《かくやす》で買い付けてきたものだった。しかし、『マクラウズ』のだれもこの手の工作機械は使いなれておらず、長いこと工房《こうぼう》の片隅《かたすみ》でほこりをかぶっていたものだ。フィルがそれを見つけて興味《きょうみ》を持ったようで、ここ数日、油をさしたり部品を取りかえたりしていたが、その甲斐《かい》あって機械はようやく動きだしたようだ。

フィルは、棒状《ぼうじょう》の錫《すず》を機械に固定し、ゆっくりとペダルを踏んだ。すると錫を固定していた部分がくるくるとまわりだす。そこにそうっとたがねをあてると、なめらかな音がひびいて錫が削《けず》られてゆき、ものの数分でドアノブが錫のかたまりから削りだされた。

「へえ、すごいね。旋盤って、工場じゃないと使えないものだと思っていたよ」

カトリは感心して言った。

「これは足踏《あしぶ》み式《しき》なんで、動力がなくてもだいじょうぶです。鋼材《こうざい》みたいな硬《かた》い金属《きんぞく》だと難《むずか》しいかもしれませんが、錫《すず》や銀なんかだったらこれでじゅうぶんやれますね」

フィルはうれしそうに答えた。

「こら、カトリ、立って食べるんじゃない。座《すわ》んなさい」

店からもどってきたエリーがカトリをしかる。カトリはへいへいと言いながらキッチンの椅《い》子《す》に腰《こし》かけた。

「しかし、フィルもだいぶ慣《な》れてきたね。あの子が来てくれてよかったよ。ジョシュとも相性《あいしょう》がいいみたいだし」

カトリの向かいに座って白湯《さゆ》を飲みながら、エリーがしみじみと言う。

「ああ、本当にね」

カトリは答えた。博物館で働きはじめたころだったら、今のようなことを言われたらカトリは気を悪くしていただろう。当時は慣れない博物館の仕事や進まない勉強に戸惑《とまど》い、同時に『マクラウズ』での自分の居場所《いばしょ》もなくなっていくように思えていた。そんなこともあって、当初は自分のかわりに金物仕事をすることになったフィルのことも好ましく思えなかった。

しかし勉強にも博物館の仕事にも慣《な》れてきた今では、フィルがかつての自分のかわりに養父母の仕事を助けてくれていることに、安心感を覚えるようになっていた。人間とは勝手なものだ、とカトリはしみじみと思った。

「そういや、あんたに手紙が来ていたよ」

思いだしたようにエリーが言い、帳簿《ちょうぼ》に挟《はさ》んだ手紙を取りだした。

「へえ、だれから?」

「ええと、E.V.P.Aだって、心あたりはないけれど、長い名前だね」

エリーはそう言いながら封筒《ふうとう》をカトリに渡《わた》した。

カトリは首をひねりながら封筒を受けとった。E.V.P.A、だれだろう?

親しい人々の名前をひととおり頭に思いうかべて、カトリはひとり思いあたる人物がいた。

友人のElizabeth《エリザベス》 Alden《オールデン》、ミドルネームは聞いたことがないが、カトリに手紙を送る可能性《かのうせい》があり、名前がE、姓《せい》がAなのは彼女《かのじょ》くらいしかいない。

リズ、本名エリザベス・オールデンはカトリの無二の友人だ。

彼女は街の北側、新市街と呼《よ》ばれる整然とした高級住宅街《こうきゅうじゅうたくがい》に住んでいる。エディンバラゆいいつの寄宿舎学校《きしゅくしゃがっこう》に通い、父は法律家《ほうりつか》だという。以前はロンドンに住んでいたそうだが、ふたりが知りあうすこし前にエディンバラに引《ひ》っ越《こ》してきた。

同じ街に暮《く》らしていても、住む世界が異《こと》なるふたりが出会ったのは、二年半ほど前のことだった。それ以来、何度かの冒険《ぼうけん》を通してふたりは友人となった。

カトリが博物館で働きはじめてから一年くらいのあいだ、ふたりは週に何回か、カトリの幼馴染《おさななじ》み、ジェイクの家族が経営《けいえい》する宿屋の食堂《しょくどう》で落ちあい、いっしょに食事をとり、お茶を飲みながら、他愛のない話をするのが習慣《しゅうかん》になっていた。

しかし、一年ほど前から、リズは急につきあいが悪くなった。彼女《かのじょ》はなにかと理由をつけて待ち合わせを断《ことわ》るようになり、ふたりの会う頻度《ひんど》はすくなくなった。カトリが彼女に最後に会ったのは、もう半年も前のことだった。

カトリは、リズが旧市街に来る頻度が減《へ》ったことを気にかけていた。

これまでの冒険をともにしてきた彼女は、カトリにとって、一種の共犯関係《きょうはんかんけい》のような、ふしぎな絆《きずな》を感じる相手であった。そして、カトリにとってそのような人物はほかにはいなかった。

そのリズから手紙が届《とど》いた。もし用があるのなら『マクラウズ』にたずねてきてもいいし、週末にジェイクの宿屋に行けば、よほど運が悪くないかぎりカトリに会えるだろう。

カトリは、手紙の封《ふう》を切った。中には便箋《びんせん》が一枚《まい》入っており、半分ほどが走り書きで埋《う》められている。短い手紙だ。使われている深緑色のインクは、彼女《かのじょ》がいつも使っているものにまちがいない。カトリは手紙を読みはじめた。

カトリへ

久《ひさ》しぶりですね。元気にしているといいけれど。

相談したいことがあり、手紙を書きました。ほかでもない、私《わたし》たちの過去《かこ》に関わるものです。そしておそらくは未来にも。

くわしくは会って話したいのです。もしよろしければ十七日の夕方に私の家に来てくれるかしら。

当日の十五時、『マクラウズ』に御者《ぎょしゃ》のビルを迎《むか》えにやります。彼《かれ》もあなたに会うのを楽しみにしています。

心をこめて

エリザベス

いったいあいつはなにを考えているんだ？　キッチンの椅子《いす》に腰《こし》かけたまま、パンをかじるのも忘《わす》れ、カトリは眉《まゆ》をひそめた。

疑問《ぎもん》は山ほどあった。この短い手紙は？　いつでも会えるはずの自分になぜこのようなまわりくどい真似《まね》をするのだろう？　彼女《かのじょ》が相談したいことはなんなのか？　なぜわざわざ彼女の家で話さなければならないのか？

カトリはリズの家に行ったことがない。二年前、どうしても彼女に連絡《れんらく》をとりたくて新市街に探《さが》しに行ったことがあるが、結局見つからずじまいだった。友だちづきあいをするようになってからも、リズが自分の家や家族について話すことは避《さ》けている様子だったし、ましてや自宅《じたく》にカトリを招《まね》くようなことはなかった。

カトリは何度も手紙を読みかえしたが、この短い文章から彼女の意図を読みとることはできなかった。

ともかく会って話すしかないだろう。彼女もそう言っている。カトリは気を取りなおし、便《びん》箋《せん》をたたんでポケットに入れた。

リズの手紙にあった約束の日、カトリは博物館を午前中で退勤《たいきん》し、『マクラウズ』のカウンターに座《すわ》って店番をしながら、図書館で借りた本を読んでいた。しかし、約束の時刻《じこく》が近づくにつれどうにも落ちつかず、カトリは店の外に出て、門にもたれかかりながら、御者《ぎょしゃ》のビルが来るのを待っていた。

『マクラウズ』の前の王城通りは、いつものようにごったがえしている。王城通りはエディンバラ旧市街《きゅうしがい》の中心を走る大通りで、街の東端《ひがしはし》にあるホリルード宮殿《きゅうでん》から、岩山の上にそびえるエディンバラ城《じょう》までをつないでいる。通りには肉屋、宿屋、仕立屋、パブなどが軒《のき》をつらね、いくつもの曲がりくねった階段路地《かいだんろじ》が口をあけ、背《せ》の高い石造《いしづく》りの家々の煙突《えんとつ》からは黒い煙《けむり》がいく筋《すじ》も立ちのぼっている。

エディンバラの建物の壁《かべ》はどこもかしこも煤《すす》で汚《よご》れて黒ずんでいるが、昔の人はこれを裕福《ゆうふく》な街の証《あかし》であると誇《ほこ》ったという話を、カトリは聞いたことがあった。

しばらく待っていると、紺色《こんいろ》の馬車が雑踏《ざっとう》の中をこちらに向かってくるのが見えた。よれよれの黒服に身を包んだ、やせて背の高い御者が乗っている。リズの家の御者のビルだ。カトリは手をふった。

リズの家、オールデン家の御者をしているビルは、カトリの顔馴染《かおなじ》みだった。とはいっても、最後に会ったのは二年前のことだった。

「カトリ、久《ひさ》しぶりだな。見ないあいだにでかくなっちまって」

ビルが御者席《ぎょしゃせき》からカトリに笑いかける。ビルのほうは、以前よりも白髪《しらが》が増《ふ》えていた。

「わざわざ申《もう》し訳《わけ》ないね。リズが家の場所を教えてくれたら歩いていったのに」

ビルは、かまわねえさ、乗れ、と言ってうしろの席を顎《あご》でしゃくった。

「馬、替《か》わったんだね」

馬車に乗ったカトリは、馬車の方向を変えようとしているビルに呼《よ》びかけた。

「ああ、膝《ひざ》を悪くして走れなくなっちまってな。この街の石畳《いしだたみ》は馬の脚《あし》に悪い」

ビルの表情《ひょうじょう》は見えなかったが、しゃがれた声からは悲しみがつたわってきた。

「そうなんだ、可愛《かわい》がってたのに、悪いこと聞いたね」

「いや、しかたねえ。世の中ままならねえもんだ」

ビルは、強引《ごういん》に割《わ》りこんできた馬車に、危《あぶ》ねえだろうが、と罵声《ばせい》を飛ばした。

「ままならねえといやあ、嬢《じょう》さまのことだ。これはおまえに話しておきたいと思っていてな」

「リズのこと?」

カトリの問いかけに、ビルはああ、とうなずき、話をつづけた。

「おまえと嬢さまが仲がいいことは知ってるぞ。嬢さまを乗せると、あの人はいつもおまえのことを話すんだ。学校の同級生よりも、おまえとのほうが、馬が合うんだろう」

そりゃどうも、とカトリが言うと、ビルはうなずき、言いにくそうに話を切りだした。

「俺《おれ》が言ったとだれにも言わんでくれよ。うすうす気づいているかもしれんが、オールデンの親子は、なんというか、その、いい関係じゃない」

ビルは何度もつっかえながらもごもごと言った。

「そんな気はしていたよ。リズは自分からは家族について話したくなさそうだったから、あえて聞かなかったけれど」

カトリは答えた。

リズはごく稀《まれ》に自分の家族について言及《げんきゅう》することがある。その様子は冷たく、残酷《ざんこく》ですらあるので、カトリはいつもひやりとするのだった。

ビルはそのほうがいい、と言って、言葉をつづけた。

「どちらが悪いっていうんじゃないんだが、奥《おく》さまと嬢《じょう》さまは相性《あいしょう》が悪い。旦那《だんな》さまは自分からふたりの関係をよくしようとはしない。というか、嬢さまの気性が荒《あら》くなるにつれ、嬢さまとあまり関わろうとはしなくなったんだ。俺は旦那さまを尊敬《そんけい》しているし、恩人《おんじん》でもあるんだが、あれはよろしくねえ。一回勇気を出して忠告《ちゅうこく》したことがあるんだが、あとすこしでクビにされるところだった。旦那《だんな》さまにとっても触《ふ》れられたくない話題なんだろう」

「リズの気性《きしょう》が荒《あら》いと思ったことはないけどね。そりゃいつも穏《おだ》やかで優《やさ》しいってわけじゃないけどさ」

「そりゃあ、人にはいろんな顔があるだろう。相性が悪い奴《やつ》ってのは、そいつの前では自分の最悪の一面が出るような相手のことを言うんだ」

ビルはぼやきながら手綱《たづな》を引き、馬車は左折して北《きた》の大橋《おおはし》に進んだ。エディンバラの街は、この橋の下を東西に走る谷で、地区がわかれている。橋を渡《わた》れば高級百貨店や小ぎれいなタウンハウスが軒《のき》を連ねる新市街で、雑然《ざつぜん》とした旧市街《きゅうしがい》とは雰囲気《ふんいき》がまるでちがう。

「この話をしたのは、べつに職場《しょくば》の愚痴《ぐち》を聞いてほしかったからじゃねえ。月並《つきな》みな言いかたになるが、嬢《じょう》さまと話してほしい。それで、もしなんかあの人がとんでもないことをしでかしそうだったら、思いとどまるように言ってやってくれんか」

ビルは言いにくそうに、言葉をつなげた。

「ダイナマイトで家を爆破《ばくは》しようとしてるとか言わないでよ」

カトリは軽口をたたいたが、ビルはそれを冗談《じょうだん》だと思っていないようだった。

「わからん。でもなにかをしでかしそうな気がする。俺《おれ》はあの人が生まれたときから知っている。嬢《じょう》さまは、はずみや衝動《しょうどう》でことを起こす人間じゃない。なにかをしでかす前に、ずうっとなにかを考えている。顔を見ればわかるんだ、ああ、これはまたなにかを企《たくら》んでいるなってな」

ビルは寒気を感じたかのように身を震《ふる》わせた。

「それに、近ごろの嬢さまはどこかおかしい。まず顔色がよくねえ。そしていつも疲《つか》れた様子で、俺《おれ》の馬車に乗るとすぐに寝《ね》ちまうんだ」

「それは心配だね。医者には行ったの？」

「ああ、医者は何回か来てたはずだがな、昔の旦那《だんな》さまの件《けん》もあるし。しかし嬢さまはだいじょうぶだって言う。なあ、たのむよカトリ、なんとか嬢さまを助けてやってくれ」

ビルはそう言った。旦那さまの件というのは、二年前、リズの父がふしぎな眠《ねむ》り病《びょう》にかかったときのことだ。

「さっきも言ったけれど、リズはわたしに家族のことをあまり話さないんだ。彼女《かのじょ》が話したくないのなら、無理やり聞きだすようなことはしたくないな」

「俺だって同じだ。だが、もし相談するとすればカトリ、おまえだと思う」

カトリは気が乗らなかった。だれでも、他人に話したくないことはあるだろう。カトリだって同じことだ。カトリが、それを言葉にできないうちに、馬車はプリンシズ・ストリートを北に入り、住宅街《じゅうたくがい》の緩《ゆる》やかな坂をのぼっていた。

しばらく新市街を走らせたあと、ビルが手綱《たづな》を引いた。馬車は、ひとつのタウンハウスの前で停《と》まった。赤い扉《とびら》に番地が彫《ほ》られた真鍮《しんちゅう》のプレートが嵌《は》められている。

「グレート・キング・ストリート、七十八番。ここがオールデンの家だ」

カトリは気後《きおく》れした。リズの態度《たいど》から察するに、彼女《かのじょ》の両親は娘《むすめ》がカトリのようなタイプの友人を持つことを歓迎《かんげい》してくれるような人々ではないだろう。

そんなカトリの不安を感じとったのか、ビルが御者席《ぎょしゃせき》から声をかけた。

「安心しろ。旦那《だんな》さまと奥《おく》さまは外出中だ。ご友人の結婚式《けっこんしき》でリーズに行ってらっしゃる。嬢《じょう》さまも行くはずだったんだが、てこでも動かずでな。ともかく、俺《おれ》はここで待ってるよ。帰るときも送ってやる。それじゃ、嬢さまのこと、たのんだぞ」

ビルは、馬車を降《お》りたカトリの背中《せなか》をたたき、帽子《ぼうし》のつばをつまんで、視線《しせん》を送った。

「保証《ほしょう》はできないけど、話してみるよ」

カトリはそう言って片手《かたて》をあげ、ドアにつづく短い階段《かいだん》に足をかけた。

ドアをノックすると、しばらくしてからドアがあき、リズの顔がのぞいた。カトリが彼女と

顔を合わせるのはもう半年ぶりだった。リズはすこし背《せ》が伸《の》びたようだ。光の加減《かげん》かもしれないが、以前にも増《ま》して顔が青白く、わずかに外斜視《がいしゃし》の入っている目が、不健康なほど大きく見えた。ビルが言ったとおり、あまり調子がよさそうには見えない。いつものアボット・ホリルードの白と黒の制服《せいふく》ではなく、白いナイトドレスを着ている。

「久《ひさ》しぶり。君が制服以外の服を着ているところ、はじめて見たよ。悪くないね」

カトリは明るい調子で声をかけた。

「そりゃあ、いつもあの服装《ふくそう》ってわけじゃないのよ。寮《りょう》にいるときはいつも制服を着るのが規《き》則《そく》だからしかたなく着てただけ。どうぞ、入って」

リズはカトリを中へ招《まね》いた。

玄関《げんかん》の床《ゆか》には白と黒のタイル、壁《かべ》は植物模様《しょくぶつもよう》の壁紙が貼《は》られている。流行にそった、趣味《しゅみ》のよい内装だった。人気《ひとけ》はなく、不気味なほど静まりかえっている。

「お茶でも淹《い》れようか。お客さんにたのむのも悪いけど、慣《な》れていないから手伝ってね」

リズはそう言ってカトリを誘《いざな》った。カトリはあとにつづいた。ふたりは暗い廊下《ろうか》を進み、つきあたりの部屋に入った。リズがオイルランプを灯《とも》すと、よく掃除《そうじ》された清潔《せいけつ》なキッチンがぼうっと浮《う》かびあがった。

「火を消すなって言っておいたのに」

リズはキッチンオーブンの炉《ろ》をのぞきこんでつぶやき、テーブルの上にあったマッチに火をつけて、新しい薪《たきぎ》といっしょに放りこんだ。マッチの火はじりじりとくすぶってすぐに消えた。

「それじゃあ火がつかないよ、貸《か》してみな」

カトリはリズからマッチを受けとると、オーブンのそばに積んである新聞紙を一枚《まい》取ってねじり、火をつけてから組みなおした薪の下に差しこんだ。

木が燃《も》える匂《にお》いがし、ほどなくしてぱちぱちと薪がはじける音が静かなキッチンにひびいた。リズが水差しからポットに水を入れ、オーブンの上に置いた。

不意に、わっ、とだれかが小さくさけぶ声が聞こえた。驚《おどろ》いたカトリが顔をあげると、部屋の入り口にひとりの女性《じょせい》が立っていた。身につけているエプロンドレスとヘアバンドを見るに、この家の使用人のようだ。

「エリザベス、なにをしているんですか？」

「お客さんが来たから、お湯を沸《わ》かしてるの。悪い？」

リズの氷のように冷たい声に、カトリはぎくりとした。

「言ってくれたら、私《わたし》がやりましたのに」

使用人の女性《じょせい》はおそるおそる申し出たが、リズは冷たい態度《たいど》をくずさない。

「結構《けっこう》。もうかまわなくていいから、部屋で休んでいて。そのかわり、このことはあの人たちに言わないでくれる？」

「はい、はい、そうしますとも」

女性はそのままうつむいて部屋を出ていった。

リズはその背中《せなか》をにらみつけ、ほとんど聞こえないような声で、嘘《うそ》つきめ、とつぶやいた。

カトリは見てはいけないものを見たような気分だったが、なるべく動揺《どうよう》を見せまいとつとめ、だまって壁《かべ》にもたれかかり、お湯が沸《わ》くのを待った。

「ビルに会うのは久《ひさ》しぶりだったでしょう。なんか言っていた？」

張《は》りつめた空気を変えるような調子で、リズがカトリに話しかけた。

「ああ、君が家に火を放ったりするんじゃないかって、びびってたね」

カトリは軽い調子で言い、横目でこっそりリズの様子をうかがった。

「放火ねえ、なかなかいいアイデアじゃない」

リズはカタカタと震《ふる》えるやかんを見つめながらそう言った。それから、顔をこわばらせるカトリをちらりと見て、くすくすと笑った。

「笑ってくれないと困《こま》るよ。本気でそう思っているみたいじゃない」

「はっきり言うけど、リズ、今日の君はなんか怖《こわ》いよ。冗談《じょうだん》の趣味《しゅみ》もひどいもんだし」

カトリは我慢《がまん》できなくなり、思っていたことを口に出した。

「人間、相性《あいしょう》の良《よ》し悪《あ》しってものがあるものよ。その場や相手にふさわしい態度《たいど》もね。あなたは私《わたし》にとっていい友人だから、いっしょにいるときはたいてい機嫌《きげん》よくいられるけど、そうすべきじゃない場所や相手もいるの。さあ、お湯が沸《わ》いた」

リズは紅茶《こうちゃ》の大きな缶《かん》を取りだし、青い模様《もよう》の入った白磁《はくじ》のティーポットに、遠慮《えんりょ》なく茶葉をどさどさと入れ、お湯を注いだ。

「こんなもんかな。ポットとカップをお願い。私の部屋で話しましょう」

カトリは、はいよ、と答え、言われたとおりトレイにティーセットをのせて、キッチンを出るリズのあとにしたがった。

リズの部屋は三階にあった。居心地《いごこち》のよさそうな部屋だ。壁《かべ》には複雑《ふくざつ》なダマスク模様の壁紙が貼《は》られ、床《ゆか》には古い東方趣味《とうほうしゅみ》の絨毯《じゅうたん》が敷《し》かれている。

趣味のよい、居心地のよい部屋。しかしカトリは、それらを、自分が知るリズというエキセントリックな人間とうまく結びつけられずにいた。

この家の装飾《そうしょく》には、世間的な趣味《しゅみ》のよさを、それを本当によいものと信じることなく再現《さいげん》したようなところがある。例外は部屋の奥《おく》に置かれた無骨《ぶこつ》な書類棚《しょるいだな》と事務机《じむづくえ》だ。このふたつだけが、いかにも裕福《ゆうふく》な家の女性《じょせい》の部屋らしいほかの調度品とは馴染《なじ》んでおらず、異様《いよう》な存在感《そんざいかん》があった。

「去年ピアノをどかして、本棚と机を入れさせたの」

カトリの視線《しせん》に気づいたリズが言った。

「だけど、いっしょにテーブルまで撤去《てっきょ》したのはよくなかったね。お茶を置く場所がない。とりあえずトレイは机に置いて、ソファーをどうぞ」

リズはそう言って、事務机の前の椅子《いす》を持ちあげてソファーの向かいに置いた。カトリはカップをひとつ取って、ソファーに座《すわ》った。紅茶《こうちゃ》に口をつけると、あまりの苦さに咳《せ》きこんだ。

「ん、味がおかしかった?」

カトリの様子を見て、リズはティーポットの中をのぞきこんだ。

「この世の終わりのように渋《しぶ》い」

カトリはしゃがれた声で答えた。

「君さ、茶葉を入れすぎてたよ。勝手を知っていると思ってだまっていたのは失敗だったな」

カトリの様子を見たリズは自分でも一口飲んでみて顔をしかめた。

「これはひどい。自分でやったことないから分量をまちがえたね」

リズはカップを机《つくえ》にもどした。カトリは底《そこ》なし沼《ぬま》のように深い色の紅茶《こうちゃ》をのぞきこみ、一気にそれを飲みほした。

「無理して飲まなくてもいいのに」

顔をしかめて、カップをトレイにもどすカトリを見ながらリズはつぶやいた。

「貧乏性《びんぼうしょう》なもんでね。それで？　教えてよ。なんでわざわざわたしを呼《よ》んだの？」

カトリはリズに話を向けた。

「どこから話をはじめましょうか。まずはこれまでのことについて。私《わたし》たちは今まで二度、大きな事件《じけん》に遭遇《そうぐう》したね」

「うん、眠《ねむ》り病《びょう》事件《じけん》と、去年の年代記の話ね」

カトリは答えた。「眠り病事件」はまさにふたりが出会うきっかけになった事件だ。あるとき旧市街《きゅうしがい》を中心に、人々が眠りつづける奇病《きびょう》が蔓延《まんえん》した。カトリとリズは協力してこの奇病の原因《げんいん》を探《さぐ》り、事件《じけん》は解決《かいけつ》した。

その翌年《よくとし》に起きた「ネブラの年代記事件《ねんだいきじけん》」では、カトリを含《ふく》めた人々が、ふしぎな年代記の世界に引きこまれて、行方不明《ゆくえふめい》になった。リズの尽力《じんりょく》もあり、被害者《ひがいしゃ》を現実世界《げんじつせかい》に取りもどすことに成功したものの、その原因となった年代記の行方は知れないままだった。

「そう、去年あなたが『霧《きり》の国《くに》』から帰ってきて以来、私《わたし》はずっと考えていたことがあるの。あのふたつの事件を起こしたふしぎな力は、同じようなものなんじゃないかって。もしそうなら、それはいったいどういうものなのかって」

リズはそう言って、自分のノートを開いてカトリに見せた。カトリはいぶかしみながらノートを受けとった。開かれたページには、深緑色のインクでびっしりとメモが書きこまれている。カトリは段落《だんらく》のタイトルを読んだ。『力の根源《こんげん》、怪物《かいぶつ》、旧《ふる》い神々』『力の作用、媒体《ばいたい》』そして、『**裏《うら》で糸を引く人物**』。

なに、これ？　カトリはリズにたずねた。

「これまでの事件を引きおこしていたものについて、私が考えた内容《ないよう》をまとめたの。まずひとつ目、あのふしぎな事件の裏には、いつも正体不明の怪物がいた。ふたつ目、その怪物は直接《ちょくせつ》的《てき》な力というよりも、人間の精神《せいしん》、あるいは脳《のう》に直接作用する力を使う」

「ちょ、ちょっと待ってよ」

カトリはたまらずノートから目をあげ、リズの話に割《わ》って入《はい》った。

「まったく話についていけないんだけど。これなに？　どうやってそんなことを調べたの？」

「それは、もちろんこれまでの事件《じけん》の情報《じょうほう》をまとめて推測《すいそく》したのよ」

リズの言葉に、カトリは首をふった。

「そうは思わないな。わたしたちが経験《けいけん》したことだけでは、そこまで言いきれないはずだ」

カトリの言葉に、リズは自嘲《じちょう》するように笑《え》みを浮《う》かべた。

「さすがに無理があったわね。しかたがない」

リズはそう言うと、書類棚《しょるいだな》のガラス戸をひらき、紙束を取りだしてカトリが座《すわ》っているソファーにどさりと置いた。

これは？　と言いながらカトリは紙束をめくった。癖《くせ》のある字でなにかがびっしりと書きこまれている。どこかの国の歴史《れきし》の年表のようだ。カトリはその記述《きじゅつ》に見覚えがあった。

「バージェス男爵《だんしゃく》の資料《しりょう》じゃないか。去年あの家に忍《しの》びこんだとき、地下室にあった。なんで君が？」

カトリは驚《おどろ》きを隠《かく》せず、つい声が大きくなった。

「あの事件《じけん》のあと、引きとったの。『ネブラの年代記』の力について、調べたくて」

「なぜわたしにだまっていたんだ？」

「あのとき、あなたに話してもしかたがなかったからよ。いったん自分で読みこんで、考えをまとめたかったの」

「しかたがないって、そんな言いかた、あんまりじゃないか」

リズの言いかたが、カトリは癪《しゃく》にさわった。あれだけいっしょに冒険《ぼうけん》をしてきたのに、なぜ隠しごとなんてするんだ。

「だまっていたことは悪かったわ。でもね、カトリ、私《わたし》はあの年代記がどのように別の世界を創《つく》りあげていたのか、その仕組みを知りたいの。自分の望む世界を創造《そうぞう》することができるなんて、魅力的《みりょくてき》な話じゃない？」

リズは不満げなカトリの様子を気にするそぶりもなく、話をつづけた。

「あの年代記はそんないいものじゃない。君も知っているはずだ」

カトリは首をふった。

「それはバージェスの問題でしょう。彼《かれ》が弱くうつろな人間だったから、彼が創りあげた世界もまた同じような空虚《くうきょ》さを抱《かか》えていたの」

「君がやったらそうはならないって？」

「仮《かり》の話だけれど、私《わたし》なら『ネブラの街』よりマシなものを創《つく》れると思うわ。でも残念ながら年代記は失われたから、それを証明《しょうめい》する術《すべ》はないけれど」

カトリの皮肉めいた口調に対し、リズは気にすることなく言いきった。

「話をもどしていいかしら？」

「よかないけど、まあいいや、話してよ」

カトリは軽くため息をついて、先をうながした。

「ありがとう。私が今日話したかったのは三つ目よ」

カトリはリズのノートに目を走らせた。三つ目の項目《こうもく》には『裏《うら》で糸を引く人物』とある。

これまでの事件《じけん》は、ウィーグラフや、バージェス男爵《だんしゃく》がそれぞれの動機で怪物《かいぶつ》の力を使って引きおこしたものだが、裏《うら》で彼《かれ》らをそそのかした人物がいる。まずは、年代記をバージェス男爵に渡《わた》したマッセルバラの教区《きょうく》牧師《ぼくし》が最もあやしい。

「その点については、あなたも覚えているはず。事件の裏にいる人物について」

カトリはうなずいた。

「去年ベルの家で聞いた話だろう。『ネブラの年代記』をバージェス男爵《だんしゃく》に渡《わた》した男がいるって言っていたね。あれ、牧師《ぼくし》さんだったたっけ？」

カトリは記憶《きおく》をたぐりながら、リズの問いかけに答えた。

「そう、正確《せいかく》にはマッセルバラの教区牧師、と言っていた。その男がバージェスに例の年代記を渡したの。おそらく、彼《かれ》が『霧《きり》の国《くに》』を創《つく》ることを見越《みこ》しての行動よ」

また、マッセルバラか。カトリは心中でつぶやいた。先日の博物館で見つけた手記もマッセルバラの昔話だった。そこまで考えて、カトリはあることを思いだした。

「待てよ、そういえばさ、『眠《ねむ》り病事件《びょうじけん》』の黒幕《くろまく》だったウィーグラフも、どこかの町の教区牧師に世話になったって言っていたな。あれもたしか、マッセルバラだったような」

リズは驚《おどろ》いたようだった。

「本当に？　そんなことはじめて聞いたけど。たしかに、マッセルバラって言ったんだね」

「どうだったか、ウィーグラフはたしかもともと漁師《りょうし》をやってて、そのあとにどっかの教会で住みこみで働いてたとか言っていたんだよね。たしかマッセルバラだったと思うけど。でも、もうその牧師は亡《な》くなったとか言っていたような」

カトリは、リズの剣幕《けんまく》に驚《おどろ》きながら、腕《うで》を組んで考えこんだ。

「ちょっと、しっかりしてよ。どうしてそんな大事なことを忘《わす》れちゃうの」

「言わせてもらうけどね。わたしは、そのわけのわからない話を聞かされたあと、変な薬飲まされて地下室に放りこまれたんだからね。まじめにノートを取っていられるような状況《じょうきょう》だったとでも思ってんの？」

カトリは反論《はんろん》した。

「まあ、いいわ。もしそうであれば、過去《かこ》のふたつの事件《じけん》の背後《はいご》に共通して、マッセルバラの牧師《ぼくし》がいたということになる」

リズは自分を落ちつかせるように胸《むね》をおさえ、そう言った。

「もしそうだとして、どうするつもり？」

カトリはリズに聞いた。

「マッセルバラに行って、その牧師について探《さぐ》りたい。その人がバージェス男爵《だんしゃく》に年代記を渡《わた》し、あなたの記憶《きおく》が正しければウィーグラフを神学者に、そして例の事件の黒幕《くろまく》に育てた人間であるはず。で、あれば、あのふしぎな力の来歴《らいれき》を知っているはずだから」

「ふしぎな力の来歴って、具体的になによ？」

「そのノートにも書いたけれど、過去《かこ》の事件《じけん》の裏《うら》には必ず、ふしぎな存在《そんざい》がいるの。『眠《ねむ》り病《びょう》事件《じけん》』はマナドッグ・ムンヴァイルが引きおこしたし、そして霧《きり》の国事件《くにじけん》の年代記はディア・カダルという怪物《かいぶつ》の革《かわ》で作られていた」

「年代記の怪物、そんな名前だったっけ？」

カトリは首をひねった。

「ええ、バージェス男爵《だんしゃく》の資料《しりょう》に書いてあったわ。彼《かれ》はあのような怪物を『星獣《せいじゅう》』と呼《よ》んでいたみたい。はるか宇宙《うちゅう》から来た生物という意味ね。私《わたし》はそれがどこから来たのか、そしてその力がどのように作用するのか、知りたい」

「『星獣』か……。それを知って、どうするの？」

カトリは慎重《しんちょう》にたずねた。

「あなたらしくもないわ。カトリ、これまで私たちが遭遇《そうぐう》してきたふしぎな事件の原因《げんいん》について調べることに、理由がいるの？　わたしたちがやらなければ、この街でまた同じような事件が起きて、犠牲《ぎせい》になる人が出るかもしれない」

カトリはリズの言葉に、強引《ごういん》なものを感じた。

「カトリ、私の調査《ちょうさ》を手伝ってくれる？」

リズは念を押《お》すように言った。

「君のたのみならもちろん手伝うけれど。わたしを誘《さそ》った理由は？　牧師《ぼくし》について調べるなら、ひとりでもできたんじゃない？」

「あなたは私《わたし》よりアドリブがきくから、情報《じょうほう》を集めるのに都合がいいし、いざというときに荒事《あらごと》をするなら、ふたりいたほうがいいでしょう」

「それがわたしをわざわざ家に招《まね》いた理由？」

「そのとおりよ。この話はふたりしかいないところでしたかったの」

本当にそうか？　とカトリは思ったが、口には出さなかった。これ以上事件《じけん》が起きないよう、その根本的な原因《げんいん》を探《さぐ》りたいという彼女《かのじょ》の動機に異論《いろん》はない。しかし、カトリがよく知るリズという人物にしては、それはあまりに大義名分《たいぎめいぶん》じみていて、引っかかるものがあった。

今日の招待《しょうたい》も、彼女の計画にカトリを巻《ま》きこむために、自分が優位《ゆうい》に立てる場所を選んだのではないか、という気がしてならなかった。すくなくともリズはカトリになにかを隠《かく》している。

しかし、ちょうどハミルトンから命じられたレポートの件《けん》でマッセルバラに行く予定だったし、リズが調べようとしているその謎《なぞ》の牧師《ぼくし》については、カトリの好奇心《こうきしん》が刺激《しげき》されるのもたしかだ。

「わかったよ。行こう。わたしもマッセルバラには用があるしね」

カトリはそう言った。リズはカトリの迷《まよ》いを気にするそぶりもなく、決まりね、と言ってノートをカトリの手から取りあげた。

不安はあるものの、それでもなぜかカトリの気持ちはたかぶっていた。半年間もろくに会う機会がなかったリズと、ふたたびいっしょに冒険《ぼうけん》ができるということが、カトリはうれしかったのだ。

カトリはマッセルバラに行く

マッセルバラの町へ向かう乗合馬車は、ウェイヴァリー駅の前から出発する。

十一月二十日の午前七時、カトリはひとり、駅前のガス灯にもたれかかってリズが来るのを待っていた。

エディンバラの冬は夜明けがおそく、石造《いしづく》りの街はいまだ冷たい薄暗《うすくら》がりに包まれている。ガス灯についた水滴《すいてき》が、光を微妙《びみょう》に屈折《くっせつ》させて、馬車の車輪で削《けず》られた石畳《いしだたみ》に、ゆらめく丸い模様《もよう》を落としていた。

早朝の駅は、独特《どくとく》の雰囲気《ふんいき》がある。なにかがはじまるような、これからまだ見ぬ場所に向かうような。これが旅の予感というものなのだろう。

カトリがジャケットのポケットに手をつっこみ、息を白くして待っていると、新市街のほうからリズが歩いてきた。黄色のペリース式のマントをまとい、いつもとちがい黒髪《くろかみ》を下ろしている。

カトリが手をあげると、リズはおはよう、とあいさつを返した。ちょうどぱらぱらと雨が降《ふ》りだしたところだった。

週末の朝ということもあり、乗合馬車にはふたりのほかにはひとりの老人しか乗っていない。ふたりがかび臭《くさ》い座席《ざせき》に腰《こし》かけると、御者《ぎょしゃ》は出発の合図を出し、馬車は車輪を軋《きし》ませながらエディンバラの中心部を東に進んだ。強くなった雨が幌《ほろ》をたたく音が、馬車の客室にひびいた。

「カトリ、マッセルバラに行ったことは？」

最初に口を開いたのはリズだった。

「ないなあ。だけど、古い町ってのは聞いたことがあるよ。エディンバラよりも昔からあるんだって」

窓《まど》のすきまから入ってくる風に身を震《ふる》わせ、ウールのスカーフを首に巻《ま》きなおしながら、カトリは答えた。

「そうなんだ。そういえば、この前、あなたもマッセルバラでやることがあるって言っていたけど、聞かせてくれる？」

「うん、ちょっと博物館のほうでやることができてさ……」

カトリは、例のレポートのことをリズに話した。博物館でおもしろい昔話が書かれた手記と布《ぬの》を発見したこと。その舞台《ぶたい》がたまたまマッセルバラで、館長からレポートを書いてみないかと提案《ていあん》されたこと。ちょうど、その取材のためにマッセルバラに行く必要があったこと。

「その手記って、どういうもの？」

「おもしろいよ、読む？」

カトリは手記の内容《ないよう》を書きうつしたノートをリズに渡《わた》した。受けとったリズは、カトリのノートを読みはじめた。馬車はぬかるんだ道をがたがたと揺《ゆ》れながら進む。

「なるほど、たしかに興味《きょうみ》をひかれる内容ね」

しばらく手記を読んだあと、リズはカトリのノートから目をあげずに言った。

「この記録、博物館の収蔵品《しゅうぞうひん》なんでしょう。いつごろ書かれたもので、どういう経緯《けいい》で博物館に保管《ほかん》されることになったの？」

「実は、古い管理簿《かんりぼ》にしか情報《じょうほう》が載《の》っていなくて、このあいだやっと見つけたんだ。この手記が博物館に入ったのは一八五三年、三十四年前のこと。ロンドンに旅人の手記なんかを専門《せんもん》に集めている小さな資料館《しりょうかん》があったんだけど、そこがつぶれるってときにうちが引きとったらしい。なんでも、十八世紀《せいき》後半の物好きなイングランドの旅人がスコットランドを旅行した際《さい》に、マッセルバラで地元の人から聞きとった内容《ないよう》を、旅行記に書きとめていたんだって」

リズはしばらく沈黙《ちんもく》してから口を開いた。

「この手記には、イードリンという子どもが描《か》いた天体図というものが出てくるけど、これも博物館にあるの？」

「ああ、さすがに現物《げんぶつ》を持ちだしてくるわけにはいかないから、スケッチしてきたよ。次のページ」

リズは、カトリのノートを一枚《まい》めくった。

「これを見るかぎり、年相応《としそうおう》の落書きに見えるけど。これはあなたの絵の問題？」

リズの言葉にカトリは苦笑《くしょう》した。

「失礼なことを言うね。とはいえ、現物はもっとちゃんとしているのはたしかだよ。なんというか、幾何学的《きかがくてき》な感じで、ちょっと昔の人が作ったものだとは信じられないくらい。たぶん、外側は宇宙《うちゅう》、大きい円はわたしたちの住む地上をあらわしているんだと思う。真ん中の真っ暗な円はよくわからないけど」

「外側の、宇宙にあたる部分に描いてあるこの糸屑《いとくず》みたいなのは？」

「それね、目と口がいくつもある怪物《かいぶつ》みたいなものが描《えが》かれていたんだ。よくわからないけど」

「絵の下の両端《りょうはし》に書かれているこの文字は？　読めないけど、なんて書いてあるの？」

「ああ、『TOISEACH《トイシャハ》』もうひとつは『CRIOCH《クリオホ》』。それぞれ『はじまり』と『終わり』って意味らしい。ゲール語だって、図書館の司書さんが教えてくれた」

「ゲール語についてはいろいろと思い出があるわ」

リズは、そう言ってカトリに向きなおった。

「私《わたし》、この手記には興味《きょうみ》があるわ。優先順位《ゆうせんじゅんい》はあくまで例のマッセルバラの牧師《ぼくし》が上だけれど、こっちの話も調べてみたい」

リズはなにか考えがあるようだった。

「いいと思うけど、どうして？」

「マッセルバラみたいに小さい町に、ふしぎな話がそういくつもあるのは、不自然じゃない？」

リズがカトリのノートをながめながらそう言った。

「例の牧師の謎《なぞ》と関係があるかもしれないってこと？　でも、昔話ってそういうものだしなあ」

　カトリは首をひねる。

「もちろん、まだなんの証拠《しょうこ》もないのだから、気になるってだけよ」

　リズはそう言ってカトリにノートを返した。

　馬車はエディンバラの街をぬけ、東に向かって走る。ようやく夜が明けてきて、馬車の窓《まど》からは芝《しば》が枯《か》れた、緩《ゆる》やかな丘陵《きゅうりょう》地帯《ちたい》が広がる殺風景《さっぷうけい》な景色が見えた。

「マッセルバラについたあとの話だけれど。あなたはどこを調べるつもり？」

　リズはカトリにたずねる。

「うん、スペンサーさん、あ、博物館の先輩《せんぱい》だけれど、その人が言うには、教会か町役場みたいな場所に行けば、当時の土地台帳や税帳簿《ぜいちょうぼ》なんかが保管《ほかん》されているかもしれないって。そういう昔の資料《しりょう》から、この昔話の背景《はいけい》を探《さぐ》れるかもしれない」

「簡単《かんたん》に資料を見せてくれるといいけどね」

　リズが言う。

「わたしもそう思って、準備《じゅんび》をしてきたんだ。見てよ」

　カトリは懐《ふところ》から封筒《ふうとう》を取りだした。赤い蠟《ろう》で封がしてある。

「館長に紹介状《しょうかいじょう》を書いてもらったんだ。わたしが博物館の人間だから、資料《しりょう》を見せてあげてほしいって書いてある」

「いいじゃない、でも、だれに宛《あ》てたの？」

「どこに資料があるかわからないから、宛先《あてさき》は『関係当事者殿《かんけいとうじしゃどの》』にしてもらった。教会でも役場でも、資料を保管《ほかん》してそうな場所が見つかったら、この手紙でなんとかなると思う。一通しかないから、使いどころを考えないといけないけど」

リズは納得《なっとく》したようにうなずいた。

「準備万端《じゅんびばんたん》ね。わかった。私《わたし》も教会には行く予定だったから、そこを最初の目的地にしましょうか。例の牧師《ぼくし》は、おそらくもう亡《な》くなっているということだけど、後任《こうにん》の人からなにか聞くことができるかもしれない。そこからは集めた情報《じょうほう》をもとに考えましょう」

リズの提案《ていあん》に、オーケイ、とカトリは答えた。

「それより、あなたが博物館でうまくいっているようでよかったよ。去年なんかは、博物館でやっていけるかって、めずらしく悩《なや》んでいたのに」

リズが話題を変えた。

「うん、最初の一年は苦労していたけど、ある時期から急にいろいろと理解《りかい》できるようになったんだ。博物館になにが収蔵《しゅうぞう》されて、どうやって物事が動いているか、頭に入ってきた。今でもわからないことはあるけど、なにがわからないかがわかるようになっただけ、進歩だね」

リズはうなずき、低い声で言った。

「そうあるべきよ。止まるのではなく、前に進まなくてはね。方向はどちらであるにしろ」

「なんだって？」

カトリは聞きかえした。しかし、リズはなにも答えずに外の風景に目を移《うつ》した。

「見て、海が見える」

リズが、ふたりが座《すわ》っているのと反対側の窓《まど》を指さす。いつのまにか雨があがり、わずかに明るくなった曇《くも》り空《ぞら》の下に、白いもやがかかった灰色《はいいろ》の海が見えた。しばらくして、磯《いそ》の香りがカトリの鼻をくすぐった。

馬車は海沿《うみぞ》いの道をしばらく走り、マッセルバラの町に入る。海に面した通りに家々がならんでいる。馬車は小さな橋を渡《わた》って町の中心と思《おぼ》しき大通りに停《と》まった。

馬車から降《お》りたカトリは、ふっとひとつ息をついた。落ちついているが、どこか古風な町だ。辻馬車《つじばしゃ》の停車場《ていしゃば》の北には川が流れ、石造《いしづく》りの橋がかかっている。道沿いに立ちならぶ家々は小さいが、古風な石積みの様式だ。すぐ近くには時計塔《とけいとう》を備《そな》えた建物が建っている。

遠く、静かな波の音がする。カトリはその音になにか不吉《ふきつ》なものを感じた。曇《くも》った空。人通りのすくない、古い石積みの市街。それに不釣《ふつ》り合《あ》いなほどに大きくひびく海鳥の鳴き声。カトリはなんとも言えない空疎《くうそ》さを、この町の風景に感じとった。

カトリにつづいて馬車から降《お》りたリズが、あたりを見まわし、口を開いた。

「静かな町ね」

「やけに空がだだっ広いな。なんだか不安になるよ。天を支《ささ》えるものが、なんにもない感じ」

カトリは白く曇った空を見上げた。また一羽《わ》の海鳥が飛んでいる。

「旧市街《きゅうしがい》に住んでいるあなたなら、そう思うでしょうね。私《わたし》に言わせると、旧市街は道がせまいのに建物が高いから、まるで谷底にいるような気分になるわ」

さて、とリズは言葉をつづけた。

「さっき決めたとおり、まずは教会を探《さが》しましょうか」

カトリはうなずいた。しかし、エディンバラと比《くら》べたら小さな町とはいえ、あてずっぽうに探しまわっても時間を無駄《むだ》にするだけだろう。

「だれかに道をたずねたいな」

カトリはそう言った。おそらくふたりがいる場所は、町の中心の大通りなのだろうが、人通

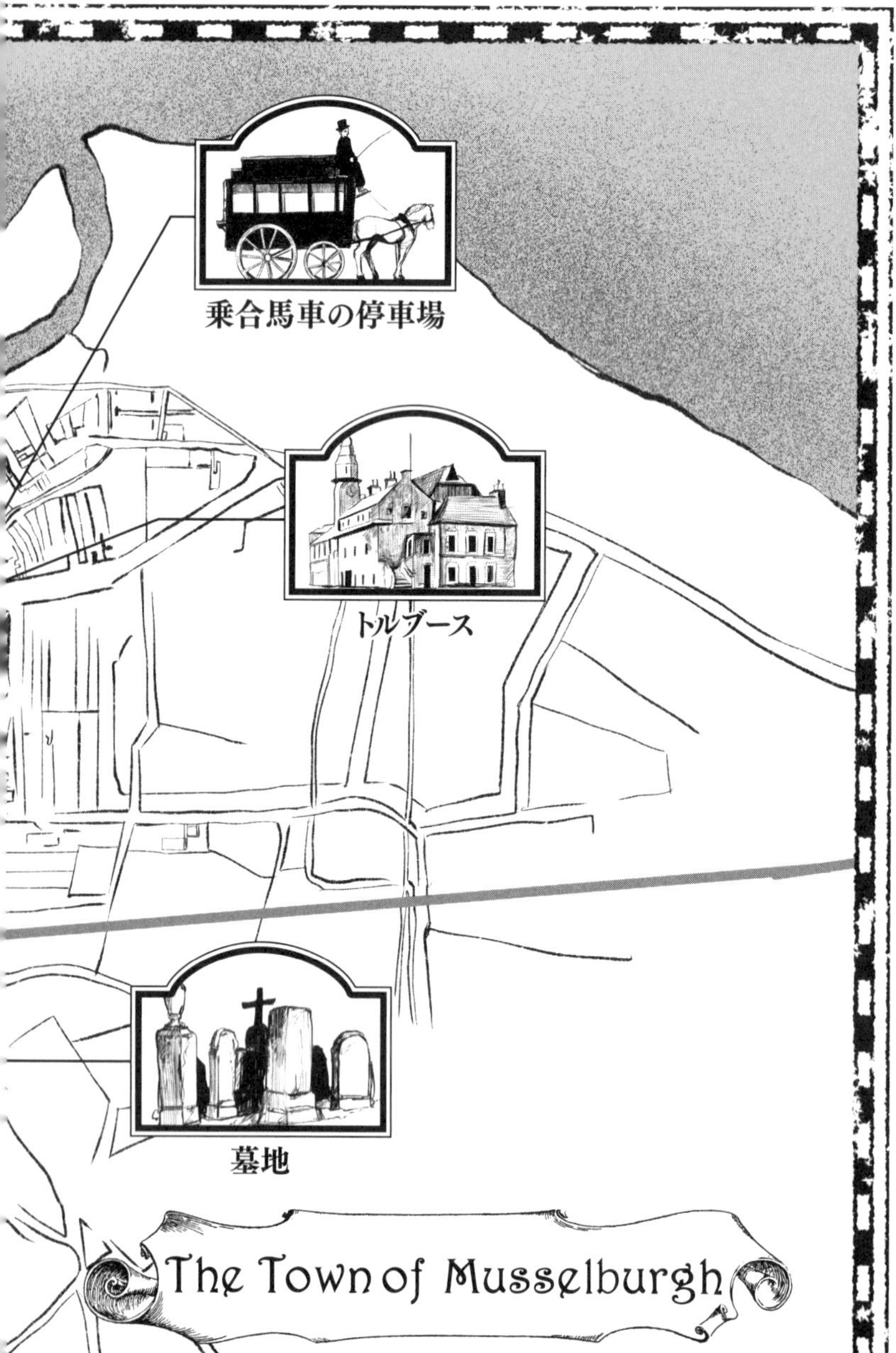
乗合馬車の停車場
トルブース
墓地
The Town of Musselburgh

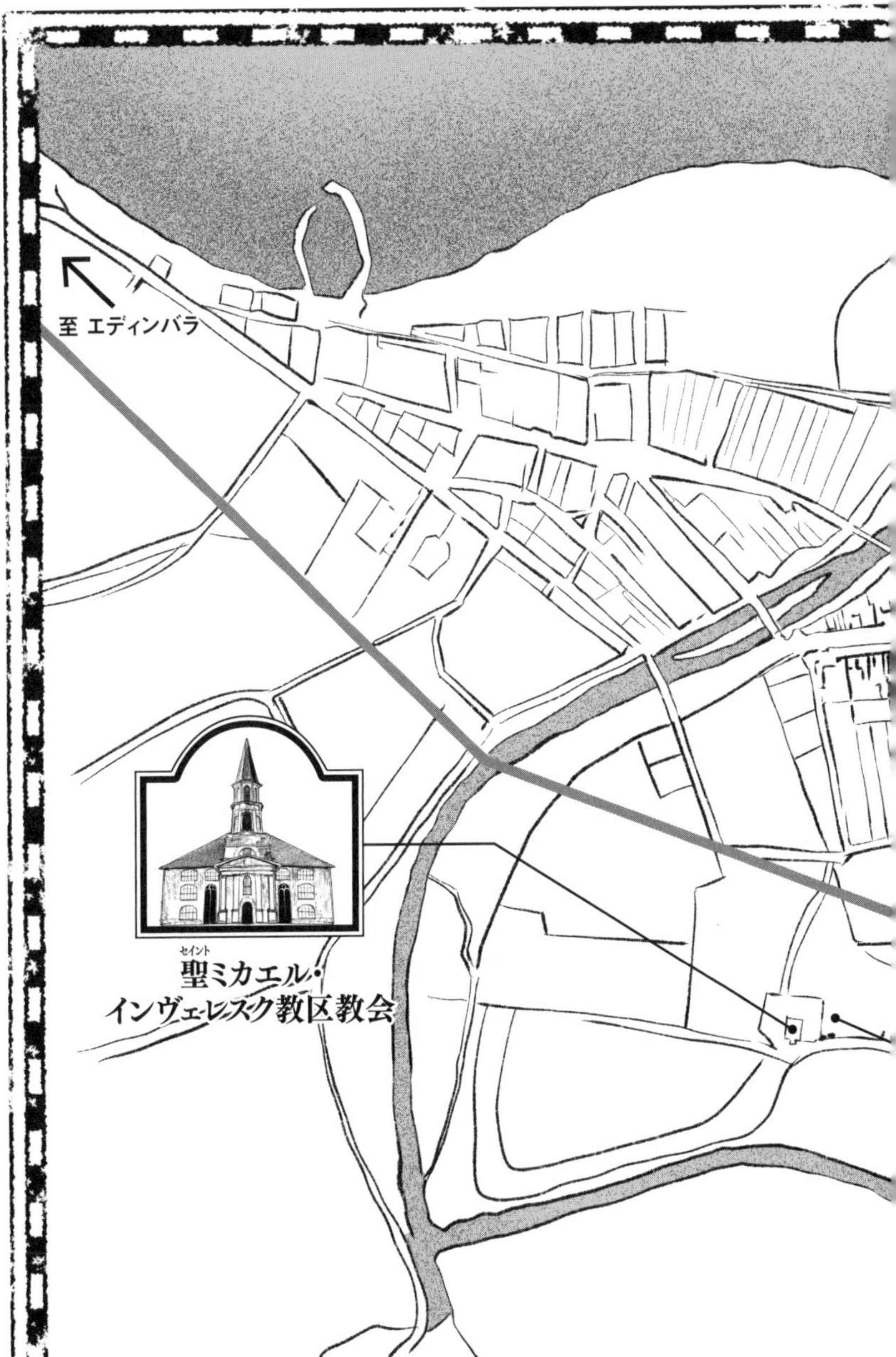
至 エディンバラ
聖《セイント》ミカエル・
インヴェレスク教区教会

りがなく、教会の場所を聞けるような人は見つからない。

どこかで話し声がした。声がするほうに目を向けると、石垣《いしがき》のあいだのせまい路地に、数人の子どもたちが集まっている。地元の子どもたちなら道を知っているだろう。

「おーい、ちょっといいかい？」

カトリは道を渡《わた》り、路地をのぞきこんで、子どもたちに声をかけた。子どもたちはふりむきもしない。なにやら、アルファベットが書かれた板を中心にしてかがみこみ、全員が板の上に置かれているコインの上に人差し指を置いている。

「ええと、君たち、聞こえてる？」

カトリは子どもたちにふたたび声をかけた。子どもたちは返事をせず、なにかに取りつかれたようにだまってコインを見つめている。気味が悪くなったカトリがリズのほうをふりかえり、助けを求めようとしたとき、子どものうちのひとりがぼそぼそとなにかをつぶやいた。

「ク・リ・ホ」

すると、子どもたちが指でおさえているコインが、アルファベットが書かれた板の上をすべった。C・R・I・O・C・H……。コインが静止すると、子どもたちは皆《みな》、顔をあげた。

「姉ちゃんたち、なんの用？」

ハンチング帽《ぼう》をかぶった少年が、カトリに問いかける。先ほど奇妙《きみょう》な呪文《じゅもん》をつぶやいていたのもこの子だった。このグループのまとめ役らしい。

「ああ、教会を探《さが》していて、道を聞こうと思ってね。それより君たち、さっきなにをしていたんだ？　なにかのごっこ遊び？」

カトリは戸惑《とまど》いながら、少年にたずねた。少年はまわりの子に、先に行ってろ、と声をかけた。ほかの子どもたちはカトリとリズを見、くすくすと笑いながらふたりの脇《わき》をすりぬけて大通りに出ていった。

「だめじゃないか、メッセージを聞いてるあいだに話しかけたら」

ひとり残った少年が板の上のコインをポケットに入れながら言う。アルファベットの書かれた板の上

には、コインでつけられたらしい傷跡《きずあと》が残っており、これまでに何度もこの遊びをくりかえしていることがうかがえた。

「メッセージ？」

「そう、メッセージ、お告《つ》げ。それを聞いている最中は、参加している人以外とは話をしちゃいけないんだ。呪文《じゅもん》をつぶやいてお告げを終わらせたあとなら話してもいい」

子どもはそう言って立ちあがり、汚《よご》れたジャケットを手で払《はら》った。

「まあいいや。教会は丘《おか》の上にあるよ。大通りを西に下って橋が見えたら左に折れる。その道をまっすぐ行けば見えるはずさ」

子どもはそう言うと、アルファベットの書かれた板を脇《わき》に抱《かか》えて、ほかの子のあとを追っかけていった。

「なんだろな、あれ」

カトリはあっけに取られてリズをふりかえった。

「降霊術《こうれいじゅつ》じゃないかな」

なに、それ？　とカトリが聞きかえすと、リズはうなずいた。

「あの子、アルファベットが書かれた板みたいなもの持っていたでしょ。最近ニューヨークやロンドンみたいな都会で流行《はや》っている遊びよ。さっきみたいなアルファベットが書かれたボードの上にコインや指輪を置いて、参加者がそこに指をのせて質問《しつもん》をする。そうするとふしぎなことにコインが勝手に動いて、霊《れい》のメッセージをつたえるってわけ」

「子どもの遊びならわかるけど。大人になってそれやってる人は、本当に信じているの？」

カトリは疑《うたが》わしげに言った。

「参加者のうちのだれかが動かしていることがほとんどだけどね。もともとは神秘主義者《しんぴしゅぎしゃ》の儀《ぎ》式《しき》らしいけど、今はどちらかというと、社交の場でのレクリエーションとして流行ってるの。パーティーで男女が交流するための出し物みたいなもんよ」

リズは咳払《せきばら》いをして言葉を切った。

「しかし、ロンドンの社交界でも最近になって流行りはじめたものなのに、こんな小さな町でやっているなんて。子どもの遊びって、侮《あなど》れないものね」

リズは肩《かた》をすくめた。

「最近のガキはませてるからなあ。まあいいや、場所もわかったことだし、教会に行こうか」

カトリはそう言って話を切りあげた。

教えられたとおりに橋の手前の道を南に曲がり、しばらく進むと、細い小道がある。道の両《りょう》脇《わき》は石垣《いしがき》が造《つく》られており、奥《おく》に広がる枯《か》れ木《き》の森につづいていた。標識《ひょうしき》にはチャーチ・レインとある。木々のあいだから、細い尖塔《せんとう》が見える。

ふたりは森の中のせまく緩《ゆる》やかに曲がったのぼり坂を進んだ。枯れ木にとまったカラスががあがあと鳴き、ふたりはびくりと身を震《ふる》わせた。

小さな林をぬけると、教会が姿《すがた》をあらわした。真ん中に大きな尖塔を備《そな》え、つりさがっているる古いバナーには聖《セイント》ミカエル・インヴェレスク教区教会とある。教会の南側は墓地《ぼち》になっているようだ。

「さて、どうやって話を引きだそうか」

建物の前で、リズがカトリをふりかえった。

「前の牧師《ぼくし》のことは最初から話さずに、わたしの用で来たことにしよう。昔話について調べにきたって言えば話は聞いてくれると思うよ。いざとなったら館長の手紙もあるし」

カトリの提案《ていあん》にリズはうなずいて、最初はまかせるよ、と言った。

カトリは重い木の扉《とびら》を押《お》しあけながら、こんにちはあ、と建物の中に呼《よ》びかけた。カトリの声が反響《はんきょう》するだけで、応《こた》える者はいない。

「おーい、こっちだ、こっち」

外から男性《だんせい》の声が聞こえる。どうやら教会の裏手《うらて》の墓地《ぼち》のほうからのようだ。

建物をまわりこんで墓地に出ると、三十代くらいの男性がひとり、ほうきを持って落ち葉を掃《は》いていた。綿入《わたい》りの暖《あたた》かそうなジャケットを着ているその格好《かっこう》からは、牧師《ぼくし》なのか判断《はんだん》がつかない。

「ちょうど日曜教会が終わったので来客があるとは思わなかったよ、しかし見ない顔だね」

綿入りジャケットの男は笑《え》みを浮《う》かべながら、ふたりに声をかけた。

「こんにちは、エディンバラ博物館《はくぶつかん》から来た者です。ここの牧師さん、ですか？」

カトリは自己紹介《じこしょうかい》をする。

「ああ、僕《ぼく》は牧師のミラーだけど、博物館だって？　エディンバラの？」

牧師は面食らったような顔をした。

「ええ、ちょっと知りたいことがあるんですけど。いいですか？」

かまわないけど、と困惑《こんわく》した様子で答えるミラー牧師に、カトリは博物館で見つけた手記について、そしてその手がかりを探《さが》していることを説明した。

「そういうわけで、この昔話について調べているんです。ミラーさん、この話、聞いたことはないですか？」

事情《じじょう》の説明を終えたカトリに、ミラー牧師《ぼくし》はなるほど、と答えて頭をかいた。

「実は僕《ぼく》、この町で育ったわけではなくて、数年前に越《こ》してきたよそ者なんだ。だから、申《もう》し訳《わけ》ないけど、その話についてはあまりピンとこないな。ちなみに、この昔話とうちの教会にどういう関係があるんだい」

「関係があるわけではないんですけど、この昔話を調べるうえで助けになる資料《しりょう》を探《さが》しているんです。例えば教会税《きょうかいぜい》の帳簿《ちょうぼ》とか、ここに保管《ほかん》されていないですか？」

カトリはたずねた。

「残念だけど、税の帳簿なんてものは保管していないな。教会税を取っていたのなんて百年以上も前の話だし」

ミラーは申し訳なさそうな顔をした。

「しかし、そうだなあ、この町で古い書類なんかが残っているとすれば、トルブースだろう」

「トルブース、ってなんですか？」

カトリは聞きかえした。

「大通りに建っている、時計塔《とけいとう》のある建物だよ。この町の役場みたいなものだから、古い行政《ぎょうせい》資料《しりょう》はあそこで保管しているはずだ。もしかしたら、君たちの探している昔話の、手がかりになるものもあるかもしれない」

「その場所なら知っています。辻馬車《つじばしゃ》の発着所の目の前ですね」

カトリの言葉に、そのとおり、とミラーが答えた。

「わざわざ無駄足《むだあし》を運ばせて、悪かったね。前任《ぜんにん》の牧師《ぼくし》の資料《しりょう》なんかが残っていればよかったんだが、僕《ぼく》が来たときにはどういうわけだかすべて処分《しょぶん》されていたから」

図《はか》らずも、向こうのほうから例の牧師の話題が出た。カトリはリズに目配せをした。リズが小さくうなずいた。

「以前の牧師さん、どんなかただったんですか」

リズが話に入ってくる。

「失礼だけど、君も博物館から？」

「いえ、私は彼女《かのじょ》の、その、付《つ》き添《そ》いなんですけど、祖母《そぼ》が前任の牧師さんにお世話になったことがありまして。もう何年も前に亡《な》くなられたんですよね？」

リズがなんとか言《い》い訳《わけ》をひねりだした。ミラーは納得《なっとく》したようにうなずいた。

「ああ、前任の牧師はイムラックという人でね、ほら、ちょうどそこで眠《ねむ》られている」

ミラー牧師はカトリとリズの背後《はいご》にある墓石《ぼせき》を手のひらで示《しめ》した。質素《しっそ》な灰色《はいいろ》の墓石に

「Reverend《リバレンド》 Imlack《イムラック》 1808-1878」とだけ彫《ほ》られている。

「イムラック牧師《ぼくし》、か、なんかそっけないお墓《はか》ですね。墓碑銘《ぼひめい》どころか、下の名前も彫られていないなんて」

カトリの感想にミラー牧師は笑ってうなずいた。

「ずいぶんと謙虚《けんきょ》な人だったようだね。というのも、僕《ぼく》は、生前の彼《かれ》と交流があったわけではないんだ。九年前に彼が亡《な》くなって、国教会からあとを継《つ》がないかと内々に打診《だしん》があってね」

ミラーはにこりと笑って話をつづけた。

「それまで僕はグラスゴーの国教会に勤《つと》めていたんだ。あそこは教会組織《きょうかいそしき》が大きくて、組織政治《そしきせいじ》やら人間関係の揉《も》めごとにふりまわされてばかりだった。そこにちょうどイムラック牧師の後任《こうにん》の話があってね、小さな町で、ひとりでゆっくり仕事をするのもいいかと思って、承諾《しょうだく》したんだ。我《われ》ながらいい決断《けつだん》だったよ。ここは暮《く》らしやすい町だ。素晴《すば》らしいゴルフコースもあるしね」

いたずらっぽく笑うミラーの表情《ひょうじょう》には、なにかを隠《かく》しているようなそぶりは見えなかった。

「ところで、ウィーグラフさんというかた、知りませんか？　前の……、イムラック牧師でしたっけ？　その人のもとで、この教会に住みこみで働いていたようなんですけど」

リズは質問《しつもん》をつづける。ミラーは首をふった。

「そんな人がいたなんて、はじめて聞いたな。その人は今も国教会にいるのかい？　この近辺の国教会員であれば、ほとんど顔見知りなんだが」

「いえ、神学者になって、エディンバラにおられたんですけど、数年前に、……その、行方不《ゆくえふ》明《めい》になってしまって」

「行方不明？　そりゃあ物騒《ぶっそう》な話だね」

ミラーは困惑《こんわく》した様子だった。カトリはそろそろ切りあげたほうがいいのではないかと思ったが、リズはさらに話をすすめた。

「イムラック牧師《ぼくし》について気になることがあるんですが、彼《かれ》について、なにか変なうわさはありませんでしたか？」

「変なうわさというと？」

聞きかえすミラーの表情《ひょうじょう》が、ほんのすこしだけ硬直《こうちょく》したような気がした。北の海から風が吹《ふ》き、潮《しお》の匂《にお》いがした。

「いえ、その、牧師さんにしては変わった人脈《じんみゃく》をお持ちだと聞いたことがありまして」

リズはおずおずとたずねる。

「いいや。僕《ぼく》はなにも知らない」

機械的な口調でミラーは答えた。石像《せきぞう》のような硬《かた》い表情《ひょうじょう》が浮《う》かんでいる。先ほどの柔和《にゅうわ》な笑顔《えがお》からの変わりように、カトリはぎくりとした。リズも同じものを感じとったようだった。

しかし、それはごく一瞬《いっしゅん》のできごとだった。ミラーはすぐにもとの表情にもどり、頭をかきながらなにかを思いだしたような様子で口を開いた。

「なんの話だっけか。そうだ、さっき君が話していた昔話の件《けん》だけど、そのマッセルバラの住民が美しい夢《ゆめ》を見るというところには、思いあたる節があるな」

ミラーは、なにかを思いだすような表情でつづけた。

「この町に来てから、僕にはよく見る夢があるんだ。どこかマッセルバラに似《に》た町の通りにいる。あたりは真っ暗でなにも見えない。見あげると、なにか光の輪のようなものが見えて、その中に星が輝《かがや》いている。ちょうどその手記にあるようにね。おもしろいのは、ほかの人も同じような光景を夢に見たことがあるというんだ」

ミラーは話を終えた。リズがカトリに、もう出よう、という視線《しせん》を送った。

カトリとリズはミラーにお礼を言って教会をあとにした。

森の小道を歩きながら、ふたりはさっきの会話について話しあった。

「気づいた？　イムラックだっけ、前任《ぜんにん》の牧師《ぼくし》さんについて話したときのミラーさんの表情《ひょうじょう》」

「もちろんよ。だけれど……」

「だけれど？」

「あの人自身がなにかを隠《かく》しているとするのは、早計かもしれない」

リズはなにかを考えているようだった。

「どうして？　君がイムラック牧師の悪いうわさについて踏《ふ》みこんで聞いたとき、あきらかに反応《はんのう》がおかしかったじゃないか」

「私《わたし》が前任の牧師の『変なうわさ』についてくわしく聞こうとしたときにだけ、なにかが取りついたかのように変な反応をしたというのが気になるの。ミラー牧師自身が秘密《ひみつ》を隠しているのであれば、もっと手前で自然に話題を変えたりできたはず」

リズはうつむきながらゆっくりと言った。

「それなのに、彼《かれ》はそうしなかったでしょう。イムラックについても自分から話に出したし、あのとき以外はその話題を避《さ》けるようなそぶりは見られなかった」

「そうかもしれないけど、ミラーさんが秘密を隠しているのでなければ、さっきのおかしな反《はん》応《のう》はなんだったんだ？」

「いろいろあるけれど、もっと考えが固まったら話すわ」

リズはそう答えた。カトリは肩《かた》をすくめた。

「ま、とにかく、わたしはレポートの材料がないか、例のトルブースって場所に行ってくるけど、リズはどうする？　帰りの馬車は五時まであるけれど」

カトリの言葉にリズはうなずいた。

「もちろんわたしもついていくよ。イムラック牧師《ぼくし》についていてもなにか手がかりがあるかもしれないし」


ふたりは辻馬車《つじばしゃ》が停《と》まった大通りにもどった。角に建っている大きな建物が、ミラー牧師が言っていたトルブースだろう。大きな石積み式の壁《かべ》、小さい窓《まど》、非対称《ひたいしょう》のファサード。そして時計塔《とけいとう》。無骨《ぶこつ》な中世式の建築《けんちく》だ。二階に入り口があり、扉《とびら》の上にはゴシック文字で碑文《ひぶん》が埋《う》めこまれている。「**神を畏《おそ》れるものは、偽《いつわ》りに耳を貸《か》すことはない**」

中に入ると、入り口近くの事務机《じむづくえ》の前に中年の女性《じょせい》が座《すわ》っており、なにか書き物をしている。女性はふたりが入ってきたのを見ると、顔をあげて気のよさそうな笑《え》みを浮《う》かべた。

「こんにちは。お嬢《じょう》さんたち、どうしたの？　この町の人ではないようだね」

「ええ、おたずねしたいことがありまして」

カトリはそう言って、館長からの手紙を差しだした。受付の女性《じょせい》はペーパーナイフでていねいに封《ふう》をあけて手紙を読み、もう一度興味深《きょうみぶか》げにカトリとリズの顔を見た。

「あなたたち、博物館の人なの？」

「はい、研究補助《けんきゅうほじょ》の仕事をしています」

カトリがそう言うと、女性はへえ、と感心したような声を出した。

「担当《たんとう》の人を呼《よ》んでくるから、待っていてね」

女性はそう言うと、カトリの手紙を持って奥《おく》の部屋に姿《すがた》を消した。

「さっきの教会でも思ったけれど、立場があったり、人の紹介《しょうかい》があると楽だね。こっそり忍《しの》びこんだり、嘘《うそ》をついたりしなくていいから」

リズがしみじみと言う。

「同じことを考えてたよ」

カトリも同調した。これまでふたりは事件《じけん》の情報《じょうほう》を集めるのに、さまざまな手段《しゅだん》をとってきた。医者の診察室《しんさつしつ》から患者《かんじゃ》の記録を盗《ぬす》んだり、博物館や人の家に勝手に忍《しの》びこんだり。べつにふたりはスリルを求めているわけではないので、真正面から対応《たいおう》してくれるのであれば、それに越《こ》したことはないのだが、あまりにすんなりと物事が運ぶと、一抹《いちまつ》の物足りなさを感じるのもたしかだった。

しばらくして、奥《おく》からメガネをかけた小柄《こがら》な男があらわれ、こんにちは、とあいさつをした。カトリとリズもあいさつを返した。

「ここの書類を管理しているパーカーです。館長からのお手紙、拝見《はいけん》しました。残念ながら……」

パーカーと名乗った男は申《もう》し訳《わけ》なさそうな顔を作った。

「ここには教会税《きょうかいぜい》の資料《しりょう》はないように思います。今日お渡《わた》しすることはできないが、もしそれらしいものが見つかればあらためて博物館宛《あて》にご連絡《れんらく》する、という形でよろしいか？」

ていねいな口調だったが、カトリにも、この男がめんどうな依頼《いらい》を体《てい》よく断《ことわ》ろうとしていることがわかった。

「そのものがなくてもいいんです。この建物に、なにか資料室みたいな場所はありませんか？もしあれば、わたしたちで探《さが》しますので」

「資料室は部外者を入れることはできないんですよ。残念ながら」

カトリは食いさがったが、パーカーは「残念ながら」とくりかえす。

あきらめかけていると、先ほどの女性《じょせい》がふたたび出てきてパーカーに声をかけた。

「めんどくさがって意地悪していないで、見せてあげればいいじゃない。どうせだれもろくに管理しちゃいないんだから。この子たち、わざわざ街からやってきたんだよ」

「しかしね、どこのだれとも知れない人間を入れるのは……」

パーカーは、たじたじと言いかえす。

「だからわざわざ紹介状《しょうかいじょう》を持ってきたんでしょう。ねえ」

女性はおさえつけるように言い、カトリとリズのほうを見てうなずいた。

「うん、まあ、そうだな。わかった。手紙もあるし、いいでしょう。ミセス・ラディスロー、このふたりを資料室《しりょうしつ》に案内してくれますか。ただし、今日一日だけですよ」

パーカーは根負けした様子で、ふたりに念を押《お》した。

ミセス・ラディスローと呼《よ》ばれた女性は、カトリとリズについてくるように手で合図をした。ふたりは案内されてせまい石の階段《かいだん》をのぼった。

「さっきのパーカーさんのことは気にしないでいいよ。ここは役所だからね。なるべく余計《よけい》な仕事を抱《かか》えこまないことが大事なのさ」

ラディスローが笑っている。

「いえ、ありがとうございます」

カトリがお礼を言うと、ラディスローはいいえ、と言い、大きな体をゆすって笑った。

「あなたたちみたいな子が街の博物館で働いてるなんてね。応援《おうえん》したくなるじゃない」

カトリはリズの様子を横目でうかがった。リズは余計《よけい》なことを言うなよ、とばかりにじろりとカトリをにらんだ。

案内されたのは、暗い倉庫のような場所だった。部屋の半分ほどに、紐《ひも》で縛《しば》られた紙束や木箱がめちゃくちゃに積みあげられている。

「仕事の書類を自分の判断《はんだん》で捨《す》てて、あとで責任《せきにん》を問われるのも怖《こわ》いし、かといってきれいに整理する人がいるでもなし。その結果がこの有りさまさ」

あまりの乱雑《らんざつ》さに呆然《ぼうぜん》としたふたりの表情《ひょうじょう》を見て、ラディスローが言った。

「いえ、じゅうぶんです。ここの書類、全部見てもいいんですよね」

カトリが気を取りなおしてたずねた。

「かまわないよ。そこの机《つくえ》は勝手に使っていいからね」

ラディスローはそれだけ言うと、部屋を出ていった。

「で、どうするの？　これ」

リズが、見あげるような書類の山を見て呆《あき》れた口調で言う。

「そりゃあ、この中に例の手記に関わるものがないか、探《さが》してみるよ。年代はわかっているから、それに近い時代の資料《しりょう》に同じ名前が載《の》っていれば儲《もう》けものだね」

カトリの答えに、リズは肩《かた》をすくめた。

「そう。私《わたし》はパスさせてもらうわ」

「なんだよ、例の牧師《ぼくし》についての資料もあるかもしれないって、自分で言っていたじゃないか」

「全部見ていたら日が暮《く》れるから、あなたにまかせるわ。それより、私は、町をまわってイムラック牧師について聞いてくる。ちょっと試《ため》したいこともあるし。でも、あなたが調べている昔話にも興味《きょうみ》あるから、なにか見つけたら教えてね」

リズはそう言うと、部屋を出ていった。

「なんだかな。さあて、はじめるか」

カトリはジャケットを脱《ぬ》ぎ、腕《うで》まくりをして、資料の山に手をつけはじめた。

書類の量は膨大《ぼうだい》だったが、おおよそ部屋の手前から奥《おく》へ向かって、時代別に置かれているようだった。それは意図的なものというよりは、何十年ものあいだ書類や資料《しりょう》をこの部屋に溜《た》めこんだ結果、まるで地層《ちそう》のようにならんだだけなのだろう。

カトリは資料の束を手に取り、ざっと見てはわきに寄《よ》せて通路を作り、徐々《じょじょ》に資料の大山をくずしていった。いくつかは百年以上昔のものと思われるものもある。手記に書いてあった事《じ》件《けん》が起きたのは一七〇〇年前後。今から二百年ほど前。とんでもない大昔というわけでもないのだから、うまくいけば残っているかもしれない。

カトリはまいあがるほこりを吸《す》いこまないようにハンカチで口をおおい、資料を掘《ほ》りおこす作業をつづけた。

書類の種類はさまざまだった。町議会の議事録、法令や規則《きそく》の下書き、土地の所有者、境界《きょうかい》の記録、地図や登記簿《とうきぼ》、不動産の譲渡証明書《じょうとしょうめいしょ》、警察《けいさつ》による報告書《ほうこくしょ》。

しばらく格闘《かくとう》したのち、カトリは黄色く日焼けしたぼろぼろの資料の束を見つけた。今にも切れそうな紐《ひも》で縛《しば》られている。このあたりはそうとう古い資料が溜まっているようだ。目的のものがあるかもしれない。

カトリは、資料の束を机《つくえ》のそばに積みあげ、白手袋《しろてぶくろ》をつけて一枚一枚確認《いちまいいちまいかくにん》をはじめた。タイトルをざっと読み、それらしいものがあればくわしい内容《ないよう》に目を通す。カトリは根気よく作業をつづけた。

おそらく二時間ほどがたっただろう。机《つくえ》の上に山積みにされた書類のうち、確認《かくにん》ずみの山が、まだ読んでいないものの山よりも高くなったころ、カトリは一冊《さつ》の冊子を見つけた。

表紙には「**教区登録簿**《きょうくとうろくぼ》」と古い書体で書かれている。ページをめくると、書類は罫線《けいせん》が引かれ、その年にあった生誕《せいたん》と洗礼《せんれい》、結婚《けっこん》、死亡《しぼう》と埋葬《まいそう》の日付と、当事者の名前と生年、年齢《ねんれい》が書きこまれていた。生年を見ると十七世紀《せいき》後半、すこしずれているが、博物館で見つけた手記の時代に近い。これだ、とカトリはつぶやいた。

破《やぶ》れないように慎重《しんちょう》に資料《しりょう》を広げると、バサリとなにかが床《ゆか》に落ちた。刺繡《ししゅう》の入った布《ぬの》のようだ。どこかで見たような縁《ふち》取り模様《もよう》があり、中央部には円形にならんだアルファベットが縫《ぬ》いつけられている。

なんだろう、とカトリが布を拾いあげたそのとき、扉《とびら》があき、先ほどふたりを案内してくれたラディスローが入ってきた。

「はかどっているかい？　寒いでしょう。薪《たきぎ》を持ってきたから使いなさいな」

ラディスローはカトリに笑いかけた。

カトリはありがとうございます、とお礼を言った。

「ラディスローさんはこの町の生まれですか？」

「ええ、そうだよ。何代も前から、ずっとこの町で暮《く》らしているんだ」

「つかぬことをうかがいますが、イードリンという人物にまつわる昔話を、聞いたことありませんか？」

カトリの質問《しつもん》にラディスローは怪訝《けげん》な顔をした。

「イードリン？　知らないね。あなたたちはそれを調べているの？」

「ええ、そうなんです。ふしぎな力を持った子どもについての話なんですけど」

カトリがそう言うと、ラディスローは急に押《お》しだまった。ふしぎに思ったカトリはラディスローの顔をのぞきこみ、ギョッとした。

ラディスローが無言でカトリを見つめている。先ほどまでのにこやかな笑顔《えがお》は溶《と》け落《お》ちたように消えて、人形のように無表情《むひょうじょう》な顔の中に、目だけがこちらを見ている。瞳《ひとみ》はまるで山羊《やぎ》のそれのように横に長くゆがんでいた。人ではないなにかが、ラディスローを通してこちらを見ている。なんの根拠《こんきょ》もなく、カトリはそう確信《かくしん》した。

それは数秒のできごとだったか、それとも一時間以上たっていたのか。ラディスローは頭をふって目を瞬《また》かせた。

「あれ、なにをしにきたんだっけ。そうそう、冷えるから暖炉《だんろ》に火を入れてもいいよって言いにきたんだ」

ラディスローはさっきと変わらない明るい様子で言ったあと、カトリの表情《ひょうじょう》が強張《こわば》っているのに気づき、ふしぎそうな顔をした。

「あれ、あんた。こんな寒いのに汗《あせ》をかいているね」

「ラ、ラディスローさん、今のできごとについて、覚えてます？」

カトリは呼吸《こきゅう》を取りもどしながらたずねた。

「できごと？　なにを言っているの。寒いから暖炉をつけてねって言いにきたんだよ。出るときには消すのを忘《わす》れないでね。それじゃ」

ラディスローはそう言うと、何事もなかったかのように階下にもどっていった。カトリは胸《むね》の動悸《どうき》をおさえながら今あったことについて考えようとしたが、満

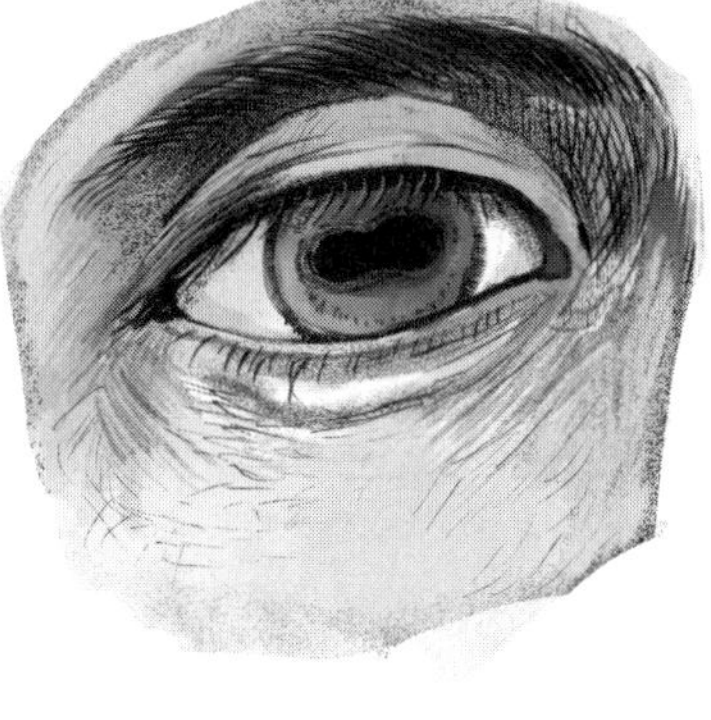

足な説明を思いつくことができない。リズが帰ってきてから、いっしょに考えたほうがいいだろう。カトリは気を取りなおし、深呼吸《しんこきゅう》をひとつすると、今しがた見つけたばかりの資料《しりょう》を読みはじめた。

カトリはリズと町の謎《なぞ》について話しあう

リズが資料室《しりょうしつ》にもどってきたのは、午後三時を過《す》ぎたころだった。すでに日はかたむき、広い部屋にたったひとつしかない窓《まど》から、薄《うす》く紫《むらさき》がかった夕日が差しこんでいる。

「おかえり。なんかおもしろい話、聞けた？」

カトリは話しかけた。リズは机《つくえ》の上に腰《こし》かけて、首をふった。

「残念ながら、おもしろい話は聞けなかったね。でも、おもしろい話を聞けなかったということ自体は、なかなかおもしろいことだと思うわ」

「もったいぶるね。話してよ」

「結論《けつろん》から言うとね、手がかりはなにもなし。だれもイムラック牧師《ぼくし》についてくわしいことを教えてくれないの。得《え》られた情報《じょうほう》といえば、判《はん》で押《お》したような答えだけ。いい人だったとか、悪いうわさは聞かない、とかね」

「でも、なにか考えがあるんだろ」

カトリがうながすと、リズはうなずいた。

「もちろんよ。おかしいと思わない？　こんな小さな町の牧師《ぼくし》さんなんて、だいたいいくつかゴシップのネタがあるものでしょう。隣人《りんじん》とのトラブルだとか、不倫《ふりん》とか、寄付金《きふきん》の横領《おうりょう》とか」

リズの暴言《ぼうげん》に、カトリは笑い声をあげた。

「ひどい偏見《へんけん》だな。なかにはまじめな人もいるだろ」

リズは真剣《しんけん》な表情《ひょうじょう》をくずさない。

「そうでなくても、牧師さんってこの町で暮《く》らす人々の人生の重要な日に関わっているわけじゃない。新生児の洗礼《せんれい》、結婚式《けっこんしき》、葬式《そうしき》。それなのに、なんのエピソードもないのは、なにか理由があるはず」

それにね、と言ってリズは話をつづけた。

「なにより、私《わたし》がイムラック牧師について踏《ふ》みこんだ質問《しつもん》をすると、町の人々は決まっておかしな反応《はんのう》をするの。ちょうどさっきのミラー牧師のように。急にぼうっとして、一瞬《いっしゅん》、壊《こわ》れた機械のように動きを止めるの。もう一度聞いてもまったく覚えていないようなことを言って、結局なにも話してはくれない」

リズの口調が熱を帯びてきた。

「私《わたし》、この現象《げんしょう》を調べるために、いろいろな人にそれぞれ別の質問《しつもん》をしてみたの。それでわかったことは、町の人々が不自然に口をつぐむのは次の質問をしたとき。はじめに、牧師《ぼくし》の町の外の人脈《じんみゃく》。私たちが知っている、ウィーグラフやバージェス男爵《だんしゃく》を含《ふく》めて。次に牧師の不自然な行動、言動、そして最後は牧師の所有物について」

「わたしたちが調べたいこと、ほぼすべてだね」

カトリが感想を述《の》べた。リズはそのとおり、と言うように人差し指を立てた。

「そう、まさにそこが重要な点。この現象は、私たちみたいに、過去《かこ》の事件《じけん》と牧師との関係を探《さぐ》ろうとしている人の疑問《ぎもん》に答えをあたえないように機能《きのう》しているんじゃないかと思うの。でもそれは、逆説的《ぎゃくせつてき》に私たちの疑問が的《まと》を射《い》ていることを証明《しょうめい》していると言えないかしら。不自然な不存在《ふそんざい》は、なによりの存在証明ってね」

リズは言葉を切り、カトリに視線《しせん》を合わせた。

「イムラック牧師は、過去の事件に関わっているはず。私には確信《かくしん》がある」

リズが話を終えた。カトリは腕《うで》を組んだ。そう考えると、さっき、カトリの体験したことはなんだったのだろう。

「それについては、わたしもさっき似《に》たような体験をしてさ……」

カトリは先ほどのラディスローの様子についてリズに話して聞かせた。

「あれは絶対《ぜったい》におかしかった。目の色というか、瞳《ひとみ》の形まで変わっていたもの」

カトリはそう言って話を終わらせた。リズはなにかを考えこんでいるようだった。

「あなたとラディスローさんとの会話は、今あなたが説明した内容《ないよう》ですべて？　つまり、イードリンについて話しただけで、イムラック牧師《ぼくし》については一切《いっさい》触《ふ》れていない、ということでまちがいないね？」

カトリはうなずいた。

「まちがいない。でも、なんでそこが気になるの？」

「例の現象《げんしょう》が起きる条件《じょうけん》について考えていたの。私《わたし》はてっきり、イムラック牧師について踏《ふ》みこんだ質問《しつもん》をしたときにだけ、町の人々がおかしな様子になるものと思いこんでいた。でも、あなたのケースはちがうでしょう。イムラック牧師については一言も話していないのに、ラディスローさんに例の症状《しょうじょう》が出た」

「言われてみれば、理屈《りくつ》が通らないね」

カトリはそう言った。イムラック牧師《ぼくし》について探《さぐ》ろうとするとあらわれる、町の人々の不自然な硬直《こうちょく》。これがイードリンについてたずねたときにも発生するということは……。

「イードリンとイムラック牧師は、なんらかのつながりがあるということ？」

カトリの言葉に、リズはうなずいた。

「私《わたし》もちょうどその可能性《かのうせい》を考えていたの」

リズは言葉を切って、机《つくえ》の上にある資料《しりょう》に目をやった。

「でも、先にあなたの成果を聞かせて、カトリ。イードリンという人物について、なにかわかったの？」

「もちろん。まず、これを見てよ」

カトリは机の上の冊子《さっし》をリズに渡《わた》した。

「『教区登録簿《きょうくとうろくぼ》』って読むの？」

「うん。昔の住民登録票みたいなもの。その教区の中で生まれた赤ん坊《あかんぼう》とか、結婚式《けっこんしき》を挙げた人とか、亡《な》くなった人なんかが書いてあるんだ」

「なるほどね、昔話の人物がここに書かれていれば、その話の裏《うら》が取れるってわけね」

「ああ、で、実際《じっさい》そのとおりだった。一六九二年、マッセルバラでイードリン・メイクルという赤《あか》ん坊《ぼう》が生まれて、洗礼《せんれい》を受けている」

カトリは資料《しりょう》を指さした。もう薄《うす》くなった筆記体で「*EDRIN V. E. MARCKLE*（EDRIN V. E. MARCKLE）」と書かれている。

「彼《かれ》の父親はジョン・メイクル。母親の名前は書かれていない。イードリンが誕生《たんじょう》した二年後の一六九四年、父親のジョン・メイクルは埋葬記録《まいそうきろく》のほうに出てくる」

「なるほど。少なくとも、イードリンという孤児《こじ》が存在《そんざい》したことはまちがいないということだね」

そのとおり、とカトリはうなずき、先をつづけた。

「それだけじゃあないんだ。同じ時代の税《ぜい》の帳簿《ちょうぼ》もいくつか見つけてね。こっちのほうがよりおもしろいよ」

カトリは自分のノートを読みあげた。

「見つかった徴税記録《ちょうぜいきろく》は三つ。炉税《ろぜい》、地税、それから人頭税《じんとうぜい》。どの帳簿でも、一六九八年から数年間にわたって、イードリン・メイクルの名前が見つかった」

リズはだまってカトリの話を聞いている。

「ふしぎなのはここなんだ。ここにある税金はどれも、家長か、少なくとも十七歳《さい》以上の大人が課されるものなんだよね」

「うん、それが、どうかしたの？」

「イードリン・メイクルは一六九二年生まれ。ここにある徴税記録《ちょうぜいきろく》は一六九八年から一七〇一年までのものだから、彼《かれ》はまだ六歳《さい》から九歳だったはず。そんな子どもが、一人前の大人として、税金の書類に出てくるのはおかしいんだ」

「イードリンは六歳から大人としてあつかわれていたってこと？」

「書類にまちがいがなければ、そう考えられるね」

「あなたが博物館で見つけた手記には、『**一歳で読み書きを覚え、五歳になるころには大人と変わらぬ背丈《せたけ》になった**』とか書いてなかった？　別の資料《しりょう》から裏付《うらづ》けられるのであれば、その表現《ひょうげん》も、あながち誇張《こちょう》や空想の産物ではないってことね」

カトリはうなずいた。

「そのあとどうなったかはいろいろ探《さが》してみたんだけど、見つからないね。ここの資料からは、一七〇二年以降《いこう》、イードリン・メイクルの痕跡《こんせき》は消えている」

カトリは話を終えた。

「なるほど。レポートのいい材料にはなったんじゃない？　でも、イムラック牧師《ぼくし》とのつながりについては、特に新しいものはなかったみたいね。しいて言えば、なにかしらふつうではない人物が、時間を超《こ》えて同じ町に存在《そんざい》したってことくらい」

カトリは、そうだね、と答えながら、なにか引っかかるものを感じていた。

「ところでさ、このイードリンのフルネーム、さっきこの名前を見つけたときから、なんか変な感じがするんだよね。この名前、どこかで見たような気がするんだ」

カトリは言った。

「そう？　めずらしい名前だから、もしほかで見かけたのであれば覚えているはずだけど」

リズは特に違和感《いわかん》を覚えていないようだった。

カトリはなんの気なしにイードリンの名前を自分のノートに書きこんだ。

――EDRIN《イードリン》 V. E. MARCKLE《メイクル》
「やっぱり、どこかでこの名前を見たはず。それも、つい最近」

「私《わたし》の記憶《きおく》にはないわ」

リズは首をふった。

カトリは考えこんだ。直近で人の名前をじっくりと見たのはいつだろう。博物館で名簿《めいぼ》の整理をしたとき。ちがう。家の金物屋『マクラウズ』の顧客名簿《こきゃくめいぼ》。ちがう。リズからの手紙を受けとったとき。それもちがう。そういえば、スペンサーさんのペンネームを教えてもらったんだ。アナグラムで作ったやつ、アデラインとか、なんとか、あれはかっこよかったな。

そこまで考えたとき、カトリの脳裏《のうり》に、ここに来る前に立ちよった教会の墓地《ぼち》で見た、イムラック牧師《ぼくし》の質素《しっそ》な墓石《ぼせき》が浮《う》かんだ。

——Reverend Imlack 1808-1878
「あっ」

頭の中で火花が散り、カトリはつい声を出した。

「リズ、君の推測《すいそく》は正しいかもしれない」

「イードリンとイムラック牧師につながりがあるってこと？」

「そう、単につながりがあるってだけじゃなくて、そのふたりが同一人物だとしたら？」

カトリはそう言った。

「もしそうだったら驚《おどろ》きだけど、どうしてそう思うの？」

カトリはイードリンの名前の下に、イムラック牧師の名前をつづった。

「アナグラムってあるだろ？　ある単語と同じつづりで別の単語を作るやつ」

カトリはリズにノートを見せながら説明する。

「イムラック牧師《ぼくし》（REVEREND IMLACK）のアルファベットを入れかえると、イードリン・V・E・メイクル（EDRIN V. E. MARCKLE）になる。見てよ」

カトリは、ふたりの名前に共通するアルファベットをひとつひとつ線で結んだ。ひとつも欠けもせず、あまることもなく、すべてきれいに線で結ばれた。

「ね、このふたりの名前も、アナグラムになっているんだ。偶然《ぐうぜん》ってことはないだろうね」

リズはカトリのノートを受けとってぶつぶつと言いながら、カトリの発見をたしかめた。

「あなたの言うとおりね。しかし、よく気がついたね。私《わたし》、まったく思いつかなかった」

リズがすなおに感心した様子で言う。

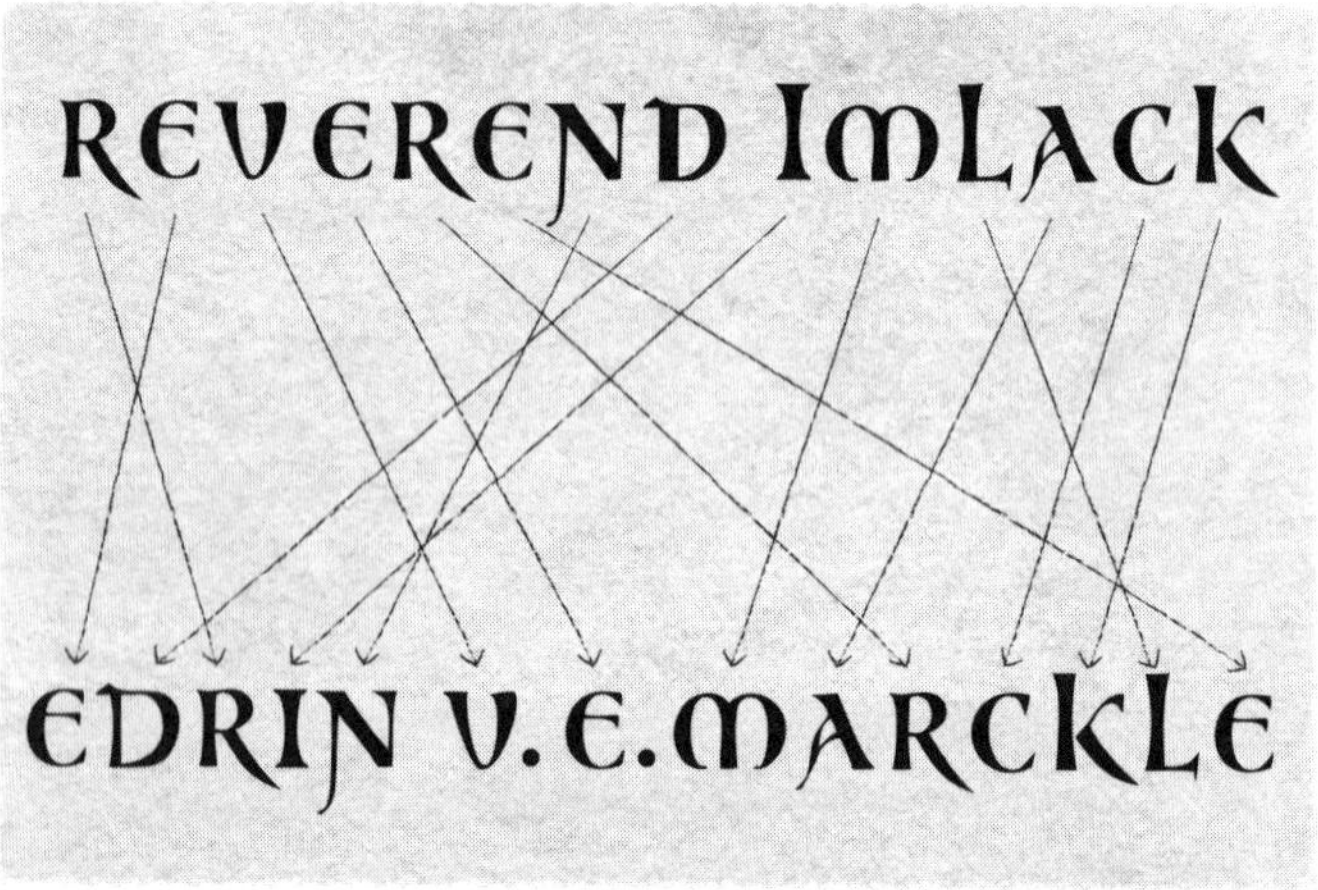

「博物館の先輩《せんぱい》が、同じ方法でペンネームを作っていてさ、わたしの名前でも試《ため》してみたんだけどうまくいかなかったんだ。それで印象《いんしょう》に残っていたんだよね」

カトリは答えた。

「たとえそうだとしても、今の発見は大したもんだと思うわ。とにかく、イードリンがイムラック牧師《ぼくし》本人であるのであれば、これまでの話もよりシンプルに説明できる」

すこし早口になりながらリズは言った。

「イムラック牧師は、かつてこの村で生まれたイードリンという怪童《かいどう》であり、なにかの理由で過去《かこ》の事件《じけん》で見た星獣《せいじゅう》たちを育てていたのよ。そして、この町の人々を操《あやつ》って自分の存在《そんざい》を隠《かく》している。だから、あなたがイードリンについてたずねたとき、ラディスローさんに例の症状《しょうじょう》が出た」

リズは話をつづける。カトリはリズの熱をおびた様子に、すこし戸惑《とまど》いを覚えていた。

「でも、この発見はいいことよ。なぜなら、イムラック牧師の謎《なぞ》に行きつく、もうひとつの道が見つかったわけだから」

リズは顔をあげてカトリを見た。

「現在《げんざい》からイムラック牧師について調べる手段《しゅだん》は閉《と》ざされているんだったら、イードリンの逸《いつ》話《わ》から、つまり、過去《かこ》からこの人物にたどりつくしかない。あなたが調べている昔話をもう一度読ませてくれる？」

カトリは自分のノートをリズに渡《わた》した。

リズはカトリのノートを受けとり、例の手記を書きうつしたページに目を走らせはじめた。

「手記の文章に出てくる『夜の底』ってどこだと思う？」

ひととおり手記を再読《さいどく》したあと、リズが口を開いた。カトリのノートにある手記の書きうつしの中の数行を指さしている。

――帰ってきた漁師《りょうし》は、夜の底で何年ものあいだ、美しい女性《じょせい》といっしょに暮《く》らしていたと皆《みな》に話した。

――十歳《さい》になる年、イードリンは夜の底に帰ると言いのこして、町から姿《すがた》を消した。

「『夜の底』ね、わたしも気になっていたんだ。イードリンが生まれた場所。そして、彼《かれ》の父がふしぎな女性と暮らしていた場所」

「この女性って、話の流れから言うと、この海に流れついた怪物《かいぶつ》のことだよね」

リズがカトリのほうを見る。

「明言されていないけど、そうだろうね。この漁師は、怪物に化かされて、この『夜の底』って場所でいっしょに暮《く》らしていたんだ。そして、イードリンが生まれた。……てことはさ、このイードリンって子どもは、怪物《かいぶつ》と人間のあいだの子ってことになるな」

カトリはそう言いながら、おぞましさに顔をしかめた。

「むしろそのくらいの来歴《らいれき》があるほうが自然と思うよ。さっきあなたが資料《しりょう》で裏付《うらづ》けたように、ただの子どもではないようだし。それより、イードリンがイムラック牧師《ぼくし》なのであれば、おそらくこの怪物も、私《わたし》たちが遭遇《そうぐう》してきたものと同じ。星獣《せいじゅう》と呼《よ》ばれる存在《そんざい》なのだと思う」

リズはこともなげに言い、話をつづけた。

「この『夜の底』という場所、どうやったら行くことができるのかな?」

「行くって、なぜ?」

「私はね、生きているにしろ、別の形にしろ、イムラック牧師はまだどこかにひそんでいると思うの。そうでなきゃ、町の人々に自分について話させないようにする力を発揮《はっき》できないもの。問題は、彼《かれ》がどこかにいるとして、いったいどこにいるのか、ということ」

「この『夜の底』がイムラック牧師の隠《かく》れ家《が》ということ?」

「ええ、イムラック牧師がイードリンだとすれば、この『夜の底』は彼が生まれた場所であり、マッセルバラの町から姿《すがた》を消したあとに向かった場所でもある。隠れ家としては有力候補《ゆうりょくこうほ》でしょ」

リズはそう言ってカトリのノートを机《つくえ》の上に置いた。

「とはいえ、手がかりがこれだけでは、『夜の底』の場所をつきとめるのは難《むずか》しいかもね。ましてや、そこに行く方法なんて」

リズは、ため息をついた。

「関係があるかわからないけど、実はさっきの税《ぜい》帳簿《ちょうぼ》のほかに、もうひとつ発見があるんだ」

カトリは先ほど資料《しりょう》といっしょに見つけた、刺《し》繡《しゅう》の入った布切《ぬのき》れを机の上に広げた。

布は上部がちぎれていて、アルファベットの飾《かざ》り文字《もじ》が円を描《えが》くようにならんでいる。

「これ、どうも博物館で見つけたタペストリーの片割《かたわ》れじゃないかと思うんだよね。大きさも縁取《ふちど》

りの柄《がら》もぴったりで、なにより破《やぶ》れたところに書かれている円形が、わたしが見たものと一致《いっち》しているし」

リズはタペストリーを興味深《きょうみぶか》げにのぞきこんだ。

「これもイードリンゆかりの品ってわけね。このアルファベット、なんだろう？　なにか擦《こす》ったような跡《あと》があるけど」

リズが指摘《してき》する。彼女《かのじょ》の言うとおり、アルファベットの刺繍《ししゅう》の上に、線形にかすれた跡があった。

「これ、さっき道にいた子どもが遊びに使っていた道具に似《に》ていると思わない？　あれも板の上にアルファベットが書いてあったわ」

カトリが言うよりも先に、リズが口を開いた。

「わたしも同じことを考えたよ。降霊術《こうれいじゅつ》だっけ、アルファベットが書いてあるし、その上をなにかがすべったような跡があるし、たしかに似ているね」

カトリは答えた。リズはなにかを考えている様子だった。

「もしこれが、イードリンが作ったものなら、この布《ぬの》を使って彼《かれ》とコンタクトを取れるという想像《そうぞう》は飛躍《ひやく》しすぎかしら。あなたが書きとめた手記にも、関係することが書いてなかった？」

リズの言葉に、カトリは自分のノートのページをめくった。目的の行はすぐに見つかった。

——**「イードリンは彼《かれ》が作った天体図を通して、人々にお告《つ》げをあたえつづけたという」**

「そう考えると、この一文はそれっぽいな。『夜の底』に消えたイードリンと、昔のマッセルバラの住民がなんらかの方法で連絡《れんらく》を取りあっていたと読める。しかもこの『天体図』を使って」

「アメリカで流行《はや》りはじめたばかりの降霊術《こうれいじゅつ》が、もうマッセルバラの子どもにつたわっているのがふしぎだったけれど、もしかしたら、この町でずっと行われていた儀式《ぎしき》なのかもね。それが子どもの遊びとしてまだ残っているのかもしれない」

リズはそう言った。カトリは椅子《いす》の背《せ》にもたれかかって窓《まど》のほうを見た。紫《むらさき》がかった夕焼けの空が見える。帰りの馬車が出るまでには、まだ時間がある。

「よし、ものは試《ため》しだ。わたしもその降霊術っての、興味《きょうみ》あるな。やってみようよ」

カトリは軽い気持ちで言った。

「あなたのその決断《けつだん》の軽さはさすがのものね」

「なんかトゲがあるような気がするな」

カトリがそう言うと、リズは、いいえ、尊敬《そんけい》しているのよ、と返し、しばし考えてから口を開いた。

「まあいいわ。これでイムラック牧師《ぼくし》と交信できる可能性《かのうせい》があるのなら、やってみましょう。牧師の正体、ふしぎな存在《そんざい》がどこから来たのか、『夜の底』はどこにあるのか、直接《ちょくせつ》聞けるのならそれに越《こ》したことはないから」

リズは身につけている大きなポシェットからダブル・フローリン硬貨《こうか》を取りだして机《つくえ》の上に置き、ひとつしかない窓《まど》のカーテンを閉《し》めた。

「カーテンを閉める必要はあるの？」

「まあ、雰囲気《ふんいき》も大事だから。明るいと霊《れい》も降《お》りてこないでしょう」

リズは冗談《じょうだん》だか本気だかよくわからないことを言い、コインを取りあげてアルファベットの円の中心に置き、指でおさえた。

「あなたも指を、カトリ」

カトリは言われるがままにコインに指を重ねた。

数秒がたち、数十秒がたち、そのまま数分がたった。

「なにも起こらないな」

そう言いながら、カトリはコインから指を離《はな》した。

「あきらめるのは早いよ。なにか、必要な条件《じょうけん》や手順があるのかも」

手順ねえ、と言いながらカトリはさっき道で遊んでいた子どもとの会話を思いだしていた。

「今朝の子ども、なにかそういうことを言っていたな。終わりの呪文《じゅもん》がなんとかって。そしてコインを動かしていた。C・R・I・O……そのあとはわからないけど」

話しながら、カトリは思いだすものがあった、

「わたしが博物館で見つけた天体図にふたつの言葉が書かれていたんだ。覚えている？『トイシャハ』と『クリホ』、つまり『はじまり』と『終わり』って意味なんだけど。これが降霊《こうれい》術《じゅつ》をはじめるための呪文なんじゃないか？　今朝の子どもは、『クリホ』のつづりをコインでなぞって、降霊術を終わらせていたんじゃないかな」

「じゃあ、はじめるには？」

リズの問いかけにカトリはノートに書きとめていた文字を読みあげた。

「開始の呪文を入れるんだ。『トイシャハ』、つづりは、T・O・I・S・E・A・C・H」

カトリとリズは、指をコインの上に重ね、ゆっくりとアルファベットの上をなぞった。

突然《とつぜん》、赤々と燃《も》えていた暖炉《だんろ》の火がかき消えた。閉《し》まっていたはずの窓《まど》から風が吹《ふ》きこんできて、厚手《あつで》の古いカーテンがはためいた。風は冷たく、生臭《なまぐさ》い磯《いそ》の臭《にお》いがした。

カトリは驚《おどろ》いて机《つくえ》から離《はな》れようとしたが、指がコインに張《は》りついて動かない。コインが脈打《みやくう》つように振動《しんどう》しはじめた。

「な、なんだ、これ」

「静かに。進めましょう。ここで質問《しつもん》をするの」

そういうリズも動揺《どうよう》を隠《かく》せない様子だった。

「あなたは、イムラック牧師《ぼくし》？」

リズが質問をした。すると、これまで布《ぬの》に張りついたように動かなかったコインが、カトリとリズの指をのせたまますずるりと動き、アルファベットの上で止まり、また動いて次の文字を指した。

——そ・の・と・お・り
カトリは全身に鳥肌《とりはだ》が立つのを感じた。

「リ、リズ、君が動かしているの、これ？」

震える声でカトリはそばのリズに聞いた。

「ち、ちがう。私《わたし》じゃないよ」

「じゃあ、これ、本当に……」

リズは頭をふり、覚悟《かくご》を決めたようにうなずいた。

「つづけましょう。イムラック牧師《ぼくし》、あなたは、イードリンでもあるのね？」

リズが質問《しつもん》すると、コインはふたたび動きだした。おそろしいほどの力だった。カトリはコインから指を離《はな》すこともできず、かたずをのんで、コインがアルファベットの上をすべるのを見つめていた。

——よ・く・き・づ・い・た・ね

「事件《じけん》を引きおこした怪物《かいぶつ》たちは、いいえ、星獣《せいじゅう》のあの力は、どこからきたの？」

——そ・ら・の・か・な・た

コインは得体《えたい》の知れない存在《そんざい》のメッセージをつたえる。リズはまた質問を重ねる。

「これまでの事件を引きおこしたのはあなたなんでしょう。あなたの目的はなに？」

コインはしばらく動かず、ただその場でぶるぶると振動《しんどう》していた。

突然《とつぜん》、ふたたび風が吹《ふ》いた。天体図の切《き》れ端《はし》のとなりに置いてあるカトリのノートがめくられて、博物館で見つけた天体図のスケッチが描《えが》かれたページが開いた。

するとコインが動きだし、スケッチに描かれた天体図の外側、おそらく宇宙《うちゅう》をあらわしている箇所《かしょ》の端に描《か》かれた、複数《ふくすう》の目と口を持つ怪物の上で静止した。

「いったい、どういう意味？」

カトリはたずねたが、コインは動かない。リズはなにかを考えているようだった。

しばらく待ったあと、カトリはふたたび口を開いた。

「あなたは『夜の底』という場所にいるんだろう。それはどこにある？」

コインはアルファベット表にもどり、文字のあいだをすべった。

——まっ・せ・る・ば・ら・の・ゆ・め・の・な・か・に
「夢《ゆめ》の中？　いったいどういう意味なんだ？」

コインがつたえるメッセージの意味がわからず、カトリは聞きかえした。コインは、しばらく沈黙《ちんもく》したのち、動きだした。

——こ・こ・に・く・る・こ・と・を・の・ぞ・む・か
「望むわ。私《わたし》を夜の底に連れていって」

リズが静かに答えた。

「おい、リズ。なにを言って……」

驚《おどろ》いたカトリが言い終わる前に、ふたたび風が吹《ふ》いた。なにか深い紺色《こんいろ》のもやのようなものがカトリの視界《しかい》をさえぎった。次の瞬間《しゅんかん》、カトリの手首にするどい痛《いた》みが走った。カトリは思わずさけび声をあげた。飛びさがろうとしたが、指がコインにぴったりとくっついていて離《はな》れない。となりのリズもなにやらさけび声をあげている。

「リズ、もう、終わらせよう！　呪文《じゅもん》を……」

「さ、賛成《さんせい》！　つ、つづり、なんだっけ？」

「『クリホ』！　C・R・I・O・C・H」

カトリは半ばさけびながら、コインをすべらせて終わりの呪文を入れた。

そのはじまりと同じく、終わりは唐突《とうとつ》だった。カトリの指から急に力がぬけ、コインから離れた。カトリは腰《こし》がぬけ、その場に座《すわ》りこんだ。先ほど急に痛《いた》んだ手首が、じんじんと火傷《やけど》のように疼《うず》いている。おさえていた手を離し、おそるおそる手首をのぞきこむと、黒い渦巻《うずま》きのような模様《もよう》が入っている。手のひらで擦《こす》っても色が落ちる様子はない。刺青《いれずみ》のように深く刻《きざ》まれているようだった。

「いってえなあ。なんだよ、これ」

カトリは手首をさすりながら立ちあがった。一方のリズも、しきりに首筋《くびすじ》を揉《も》んでいる。

「カトリ、私《わたし》の首を見てくれない？　なんか痛いんだよね」

カトリが、リズのうなじをのぞきこむと、カトリの手首と同じ渦巻き模様が浮《う》きあがっている。カトリは自分の手首をリズに見せた。

「この模様《もよう》とまったく同じものが、君の首のところにも入ってる。たぶんとれないよ。これ、刺青《いれずみ》みたいだ」

「ふうん。シンプルすぎて趣味《しゅみ》じゃないな。どうせ刺青が入るんなら、もうすこしいい柄《がら》を考えたんだけど」

リズは息を切らしながら冗談《じょうだん》を言った。

「すぐに夜の底に招《まね》かれるわけじゃないようね。期待していたんだけどな」

「そんなに落ちついている場合じゃないだろ。どうするんだよ、これ。エリーに見つかったらただじゃすまない」

「そんなに目立たないし、絆創膏《ばんそうこう》でも貼《は》っておけば?」

慌《あわ》てるカトリとは反対にリズは落ちつきはらっている。

「それに、リズ、君はいったいなにを考えているんだよ。夜の底に連れていってくださいって。正気か?」

「ええ、これ以上正気だったことはないわ。イムラック牧師《ぼくし》の居場所《いばしょ》をつきとめることが私《わたし》の目的だもの」

リズは強い口調で言いかえした。

「とはいえ、祈《いの》ったのは私《わたし》だから、私だけが彼《かれ》のいる場所に行くものと思っていたけれど、あなたを巻《ま》きこんでしまったみたい。ごめんね。きっとこの刺青《いれずみ》は、夜の底とやらへの招待状《しょうたいじょう》よ」

リズはそう言ってカーテンをあけて窓《まど》の外をながめた。

「リズ、君の家に行ったときから気になっていたことなんだけどさ。君はわたしになにかを隠《かく》してないか？　なんだってそこまでしてイムラック牧師《ぼくし》を追い求めているんだ？」

「その質問《しつもん》については、私の部屋ですでに答えたはずだけれど」

リズはカトリから目をそらした。

「納得《なっとく》できる答えであれば、わたしだって何回も聞かないさ。今回は過去《かこ》の事件《じけん》とちがうだろ。身内が病気になったり、わたしがさらわれたわけでもない。これ以上事件が起きないように原因《げんいん》を探《さぐ》るっていうにしては、あまりにも例の牧師へのこだわりが強すぎるよ」

「あなただって、例の昔話について調べているじゃない。結局同じことよ」

リズがいらだったような調子で言いかえす。

「ちがうね、今の君の執着《しゅうちゃく》は、単なる好奇心《こうきしん》や人助けのためじゃない。君はほかでもない自分自身のためになにかをしようとしている。二年もつるんでいれば、それくらいわかるよ」

リズはだまっている。カトリは粘《ねば》りづよく話をつづけた。

「あのさ、リズ、もし君がなにか問題をかかえているのなら、わたしに話してよ。これまでのことを思いだせば、わたしが君の力になれることはわかっているはずだ」

リズは無言で、もう暗くなった窓《まど》の外をながめつづけている。

「わたしは心配しているんだよ。正直、君がウィーグラフやバージェス男爵《だんしゃく》みたいに自分の弱さから、ふしぎな力におぼれるようになるんじゃないかって思っている。だから、家族との関係でもなんでもいいから、なにを悩《なや》んでいるのか、教えてくれないか？」

「あなたに相談しなければならないことはなにもないわ、カトリ。あなたの思いちがいよ」

リズの表情《ひょうじょう》は頑《かたく》なままだ。その様子は、自分の嘘《うそ》が見透《みす》かされているのを承知《しょうち》の上で、それでもその嘘をつらぬきとおすという意思を表しているように、カトリには見えた。

カトリはだまってリズから顔を背《そむ》け、椅子《いす》に腰《こし》を下ろした。

リズはあくまで秘密《ひみつ》を守るつもりだ。カトリはそれが悲しかった。リズは、カトリが信用に値《あたい》しない人間だと思っているわけではないだろう。それでも彼女《かのじょ》はカトリにすべてを打ちあけないことを選んだ。

リズは、カトリが理解《りかい》することも、共感することもできない計画を立てているのではないだろうか。それを話せばもうふたりは友人ではいられなくなるような。イードリン・メイクルという怪人《かいじん》の昔話や、これまでの事件《じけん》の裏《うら》にいたという謎《なぞ》の牧師《ぼくし》の影《かげ》よりも、その予感こそが、カトリをより不安にさせた。

「そろそろ帰りましょうか。馬車がもうすぐ来るはず」

リズの口調はこころなしか優《やさ》しげだった。

カトリはフランソワ・バスに会う

マッセルバラへの小旅行から帰ってきてから、しばらくのあいだ、カトリはスペンサーに提《てい》出《しゅつ》するレポートにかかりきりになっていた。

マッセルバラでのできごとは、カトリの心の中で宙《ちゅう》ぶらりんの状態《じょうたい》になっていた。考えなければならないことはある。イムラック牧師《ぼくし》とイードリン・メイクルの謎《なぞ》、降霊術《こうれいじゅつ》、そして手首の印。どれもこれも、この一件《いっけん》がまだ終わっていないことを示《しめ》していた。刺青《いれずみ》は消えないものの、特になにも起こらないというのも、かえって不気味だった。

しかしカトリは、これらのことについて考えたくなかった。あの町のできごとを考えれば、リズの問題にもどらなければならない。彼女《かのじょ》の頑《かたく》なさと秘密主義《ひみつしゅぎ》を考えるにつけ、カトリは、これまで築《きず》いた彼女との関係が、結局のところ無意味だったのではないか、という疑《うたが》いが心に浮《う》かぶのをおさえることができずにいた。

そんな不満を心の奥底《おくそこ》になんとか沈《しず》めながら、カトリはレポートを書くという慣《な》れない作業と格闘《かくとう》していた。マッセルバラのトルブースで手に入れた情報《じょうほう》をもとに、当時の教会税《きょうかいぜい》の役割《やくわり》やそれを担《にな》った人々についての背景《はいけい》を加えると、レポートの内容《ないよう》としてはじゅうぶんなものになるはずだった。

しかし、経験《けいけん》不足《ぶそく》か勉強不足か、それとも能力《のうりょく》の問題なのか、執筆《しっぴつ》はなかなか進まなかった。頭では書きたい内容があるのに、実際《じっさい》にペンを取るとどのような言葉を使い、それをどうつなげばよいのかわからなくなるのだ。悪戦《あくせん》苦闘《くとう》の末、カトリがレポートを仕上げてスペンサーに提出《ていしゅつ》したのは、マッセルバラに行った五日後、金曜日のことだった。

「ほんとにマッセルバラに行くとはね。感心、感心」

スペンサーはカトリのレポートを受けとると、素早《すばや》く目を走らせた。

カトリは緊張《きんちょう》しながら、スペンサーが自分のレポートを読む様子をながめていた。

レポートを読み終わったスペンサーは、とんとんとレポートを机《つくえ》の上でととのえ、カトリに向きなおった。カトリは唾《つば》をのんでスペンサーの言葉を待った。

「これはだめだな。論旨《ろんし》がずれたりボケたりしているし、そもそも文章が幼《おさな》すぎる。五点。ちなみに満点は百点ね」

スペンサーは苦笑《くしょう》しながらそう言うと、カトリのレポートを机《つくえ》に置いてピンでとめた。

「ええ、そんなあ」

カトリはガックリと肩《かた》を落とした。

「調査《ちょうさ》のためにマッセルバラまで行ったのはえらいし、そこで資料《しりょう》を見つけたのは素晴《すば》らしいよ。だけど、それだけだなあ。この手の文章の書きかたについて教えときゃよかった。まあ、いい材料はそろってるから、気長に直していこうかね」

スペンサーははげますように言う。

「そんな顔すんなよ。こんなのは訓練すればだれでもある程度《ていど》は書けるようになるもんだから。あとで学術的《がくじゅつてき》な文章の教科書を貸《か》すから、まずはそれを全部読んでおいて」

スペンサーはそう言うと、げっそりした表情《ひょうじょう》のカトリの肩を強くたたいた。


それからというもの、カトリは仕事以外の時間を使って、レポートの修正《しゅうせい》に取り組んだのだが、これがなかなかの難関《なんかん》だった。スペンサーの修正指示《しゅうせいしじ》や、彼女《かのじょ》から貸してもらった文章術の教科書を参考にしてレポートを書き直し、スペンサーに提出《ていしゅつ》する。するとまた指摘《してき》が入って返ってくるので、同じように修正する。何度直してもスペンサーの指摘はつづき、カトリは意地でも通してやろうと躍起《やっき》になった。

そんな日々が十日あまりつづいたある日、カトリがもう十何度目かの書き直しをスペンサーに渡《わた》すと、スペンサーはカトリのレポートをざっと読み、軽くうなずいた。

「オーケイ、お疲《つか》れさま。これであればパンフレットに載《の》せてもだいじょうぶだと思うよ」

カトリは思わず歓声《かんせい》をあげた。

「ほんとですか？　ああ、やっと終わった。永遠《えいえん》につづくのかと思いましたよ」

「正直な感想をありがとう。私《わたし》のほうで最後に細かい修正《しゅうせい》を入れておくけど、その前に館長に見せてもいいかい？　御大《おんたい》、君のことでなにか考えているようなんだ。紹介状《しょうかいじょう》も書いてくれたし、カトリのレポートができたら見せるように言われているんだよね」

カトリはハミルトンがなぜカトリのレポートを読みたがっているのか疑問《ぎもん》に思ったが、特に断《ことわ》る理由もない。カトリはもちろんです、と言ってうなずいた。


ハミルトンの思惑《おもわく》が明かされたのは、それから三日後のことだった。

文房具《ぶんぼうぐ》を補充《ほじゅう》するための伝票を書いていたカトリは、館長のハミルトンに呼《よ》びだされた。

一階の奥《おく》にある館長室に向かい、ノックをして中に入ると、いつも雑然《ざつぜん》としている館長室はきれいに片付《かたづ》けられており、上等な紅茶《こうちゃ》の香りが漂《ただよ》っていた。部屋にはハミルトンのほかに、もうひとり、知らない女性《じょせい》が奥《おく》に座《すわ》っている。

年齢《ねんれい》はハミルトンと同年代か、すこし上くらい、おそらく五十を過《す》ぎた程度《ていど》だろう。首元の高い黒いドレスを着ており、胸《むね》には白いジャボ飾《かざ》りがペンダントでとめられている。真っ白な髪《かみ》は真ん中で分けられ、その上に載《の》せられたボンネットはまるで王冠《おうかん》のようだ。その厳格《げんかく》で権《けん》威的《いてき》な印象《いんしょう》に、カトリは内心怯《ひる》んだ。

「おお、来たかカトリ」

ハミルトンがカトリににっこり笑いかけた。

「カトリ、君に紹介《しょうかい》したい人がいてな。こちらミス・フランソワ・バスだ。ロンドンにあるいくつかの女学校の校長をなさっている。ファニー、彼女《かのじょ》がさっき話していたカトリだ。うちで働いている」

ファニーと呼《よ》ばれた女性は厳《きび》しげな表情《ひょうじょう》をわずかにゆるめ、手を差しだした。

「こんにちは。私《わたし》はフランソワ・バス。会えてうれしいわ」

カトリは困惑《こんわく》しながら、こんにちは、カトリ・マクラウドです、と言って握手《あくしゅ》を返した。

「実は、君が書いたレポートを、彼女に読んでもらっていてね。直接《ちょくせつ》話したいというので来てもらった次第《しだい》だ」

カトリはいぶかしんだ。ロンドンの女学校の校長？　なぜそんな人がカトリのレポートを読むのだろう。

「おもしろく読みましたよ。あなた、学校は教区学校まで行って、そのあとはこの博物館で働いているの？」

「ありがとうございます。はい、そのとおりです」

カトリはお礼を言ったが、まだ話が読めなかった。

「年齢《ねんれい》はおいくつ？」

「今年十五になりました」

カトリが混乱《こんらん》している様子を感じとったのか、ハミルトンが口を開いた。

「カトリ、君が博物館に来て二年あまりか。君がここで働きたいと言ったときに、それを許《ゆる》したのは、半分は私《わたし》の酔狂《すいきょう》であったことは認《みと》めなくてはならない。それにもかかわらず、君はなかなかどうしてよくやっている。スペンサー君や君のほかの同僚《どうりょう》から聞くところによると、大学に入って学びを深め、研究者になりたいという望みは、まだ捨《す》てていないとみえる」

ハミルトンは、いつものもったいぶった様子で話をはじめた。

「ええ、そのとおりです」

カトリは答えた。

「ちなみに、大学に行ったとして、専攻《せんこう》はなにを考えている」

「考古学とか博物学とかに興味《きょうみ》があります」

ハミルトンはなるほど、と言って、見事にととのえたカイゼルひげが濡《ぬ》れないようにおさえながら、白磁《はくじ》のカップに入った紅茶《こうちゃ》を一口飲んだ。

「それは難《むずか》しい道だ。それに、君にとっては、単に難しい以上に不公平な道でもある」

ハミルトンはカップを置き、咳払《せきばら》いをして話しはじめた。

「自慢《じまん》ではないが、いや、むしろ、君の前では恥《は》じいるべきだろうな」

ハミルトンはちらりとバスを横目でうかがって言葉をつけたした。

「というのは、私《わたし》はこれまでの人生で、大学に入学したり、学位を取ったり、仕事を見つける上での苦労を経験《けいけん》したことがないんだ。もちろん勉強や研究はしっかりやったし、今の館長としての仕事もできるかぎり情熱《じょうねつ》をかたむけておる。しかし、どこまでいっても豊《ゆた》かな爵位持《しゃくいも》ちの家の三男坊《さんなんぼう》だ。自分の好奇心《こうきしん》のみにしたがって本を読んだり、研究をしたり、社交をこなしていれば自然と肩書《かたがき》があがっていった。政治《せいじ》や人づきあいも嫌《きら》いではないしな」

ハミルトンが自分の過去《かこ》を話すのを聞くのは、カトリにとってはじめてのことだった。

「この博物館で働いている研究員や学芸員も同じようなものだ。博物学、歴史学《れきしがく》、民俗学《みんぞくがく》など金にならん学問をやれる人間など、だいたいいいとこ育ちだし、むろん皆男性《みなだんせい》だ。君がこれからぶつかるであろう壁《かべ》や、不公平なあつかいと戦う術《すべ》を教えてくれる者はいない」

ハミルトンはまじめな顔でそう言うと、なにかを思いだしたように言葉をつづけた。

「例外といえばスペンサー君か。ただ、彼女《かのじょ》も豊《ゆた》かな家の出だし、一種の天才肌《てんさいはだ》だからな。学びとれるものはあるだろうが、彼女の経歴《けいれき》を参考にしろというのは無理がある」

カトリには、だんだんと話が見えてきた。

「ここにいるファニー、いや、フランソワ・バス校長を紹介《しょうかい》したのは、そういう理由だ。彼女はロンドンでカムデン・タウン・コリゲイト・スクールという著名《ちょめい》な女学校を運営《うんえい》していらっしゃる。むろん、学習環境《がくしゅうかんきょう》としてもここより優《すぐ》れているだろうが、なにより君が進もうとしている道を、すでに歩んでいる方々、つまり女史諸君《じょししょくん》に助言をもらうことができるだろう。うん」

ハミルトンは自分の言葉にうなずき、言葉を切った。

「わたしがその学校に入ったほうがよいということですか」

カトリはおずおずと言った。

「結論《けつろん》から言うと、そういうことだ。しかし、イエスかノーかということよりむしろ、私《わたし》がその選択肢《せんたくし》を君にすすめる理由について考えてほしい」

ハミルトンはうなずいて、目線をバスに送った。それまで沈黙《ちんもく》してハミルトンの話を聞いていたバスは、うなずき、重々しく口を開いた。

「私は一般的《いっぱんてき》な自己紹介《じこしょうかい》が嫌《きら》いでしてね。なぜなら、人物を定義《ていぎ》するのは過去《かこ》の職歴《しょくれき》や今の肩書《かたがき》ではなく、これからなにをするかですから。したがって、この場では、私流の自己紹介をさせていただきましょう」

バスはカトリのほうに向きなおった。

「私はね、カトリ、慈善事業家《じぜんじぎょうか》ではありません。私がやろうとしているのは、闘争《とうそう》です。私の学校で育てているのは、単に高い教養を持つ女性《じょせい》ではなく、社会を変えるための尖兵《せんぺい》です。高い専門性《せんもんせい》を身につけ、社会に浸透《しんとう》し、次の世代の女性が公平に活躍《かつやく》するための道すじをつける。そのような人間を育てようとしています」

バスの口調は淡々《たんたん》としたものであったが、その言葉には力があった。ハミルトンは所在《しょざい》なげに、取りつくろったようなまじめな顔でひげをしごいている。

「私があなたを勧誘《かんゆう》しようとしているのは、そういう動機だとまず理解《りかい》なさい。尖兵と言ったのは、私《わたし》のもとに来た結果、戦場で血まみれになってたおれるかもしれないからです」

バスの横に座《すわ》るハミルトンが、かすかに顔をしかめるのが見えた。

「このレポートは、教区学校と独学《どくがく》で学んだだけの十五歳《さい》の子ということを考えれば、よく書けています」

「ありがとうございます。でも、それは全部自分で書いたわけではなく……」

カトリがそう言いかけたとき、ハミルトンがバスに見えないように、カトリに向かってわずかに首をふり、口を閉《と》ざすようにというしぐさをした。カトリはもにょもにょと語尾《ごび》をにごしてごまかした。バスは気が付かなかったようで、話をつづけた。

「ですが、そんなことはどうでもいい。文章は訓練すればいくらでも書けるようになりますから。それ以上に、ハミルトン博士にうかがった話に私は興味《きょうみ》をひかれました。あなたが自分から博士を訪《たず》ね、博物館で働きたいと求めたそうですね」

「はい、もののはずみみたいなもんでしたけど」

カトリはうつむいて言った。ほめられているのだろうが、なぜだか居心地《いごこち》が悪かった。

「よいことです。結局のところ、人生を変えるのも社会を変えるのも、思索《しさく》ではなく行動であるのですから。もしあなたが望むのであれば……」

バスはカトリの目を見た。

「カムデン・タウンはあなたを受け入れます」

あ、あのですね、とカトリはつっかえながら口を開いた。

「わたしがここで働いているのは、半分は学ぶため、半分は学費《がくひ》を稼《かせ》ぐためなんです。今わたしに、ロンドンに行くお金はありません。そんな立派《りっぱ》な女学校に入る学費も」

バスはくだらない、とでも言いたげに、鼻を鳴らした。

「お金はどうにでもなります。私《わたし》がほかの女子教育家とちがうところは、学校を運営《うんえい》する資金《しきん》を調達したり、組織《そしき》の力をうまく使う能力《のうりょく》にありますから」

ただし、とバスは話をつづけた。

「私が求めるのは金貨でも銀行口座《ぎんこうこうざ》でもなく、あなたの覚悟《かくご》です。ロンドンに来るなら、私の求める言葉で自己紹介《じこしょうかい》をしてほしい。今あなたが何者かではなく、これからなにをするかを語ってほしい」

カトリは言葉に詰《つ》まった。だいたいロンドンの女学校に行くなんて考えたこともなかったのに、今ここで覚悟を述《の》べろと言われても。

しかし、なにか反論《はんろん》しようとしても、フランソワ・バスのあまりの迫力《はくりょく》を前にして、カトリは柄《がら》にもなく縮《ちぢ》こまってなにも言えずにいた。いつも大人物のようにふるまっているハミルトンでさえも、彼女《かのじょ》の前では女王の前の道化《どうけ》のようだ。

「ちょっと、そうですね。考えさせてください」

カトリはやっとそれだけ言った。フランソワ・バスはなにも言わずにカトリをじっと見つめた。

「おっしゃっていることはわかりました。大変ありがたいことと思っています。あなたが求めている答えではないことはわかっていますが、時間をください」

沈黙《ちんもく》に耐《た》えられず、カトリはなるべくていねいに聞こえるようにそう付けくわえた。

「今、パリで流行《はや》っている言葉がある。知っていますか」

バスの言葉に、カトリはいいえ、と答えた。

「『世紀末《せいきまつ》』です。カトリ、『世紀末』。あと十数年もすれば十九世紀は終わる。古い秩序《ちつじょ》は、音を立ててくずれ落ちるのです。我々《われわれ》はそれを好機ととらえています。あなたはどうするんですか？　二十世紀に生きる自分を想像《そうぞう》し、身のふりかたを考えなさい」

バスは、それだけ言うと、カトリから目線を外し、そろそろ、とハミルトンにつたえた。ハミルトンはうなずき、手をぱんと鳴らした。

「お時間を取らせましたな。お送りしましょう。表に馬車を待たせてある。カトリ、君も来なさい」

ハミルトンとカトリは、正門でバスを見送った。バスはハミルトンにあいさつしたあと、カトリをちらりと見ると、待ってますよ、とだけ言いのこして、馬車に乗りこんだ。


バスを乗せて走りさる馬車を見送りながら、ハミルトンが口を開いた。

「さてさて、なかなか背筋《せすじ》の伸《の》びる来客だったな。自分で言うのもあれだが、私《わたし》はよくも悪くも根っからの貴族的人間《きぞくてきにんげん》でな。ああいう血なまぐさいアナロジーやスパルタ的なふるまいは、正直に言って好きになれんのだ」

カトリは、あまりに正直な物言いに吹《ふ》きだした。

「館長、柄《がら》にもなくおどおどしていましたもんね」

カトリの軽口にハミルトンは苦笑《くしょう》した。

「そう言ってくれるな。だいたい、それは君も同じだろう」

「わたしをあの人に会わせるために、レポートを書くように手配してくれたんですか？」

「そのとおり。ただ、べつに感謝《かんしゃ》する必要はないよ。フランソワ・バスがうちを訪問《ほうもん》することになり、私《わたし》としてはなにか手土産《てみやげ》というか、彼女《かのじょ》が興味《きょうみ》を持つような話題をひとつ用意したくてな、まあ社交のために君を利用させてもらったというわけだ」

ハミルトンは笑って言った。

「ただし、あの場で私が言ったことは嘘《うそ》ではない。それに、あの人はまちがいなく、今のロンドンでは指折りの大人物だ。世の中との戦いかたを知っている。バスのところに行けば、チャンスをつかめるだろう。特に君の場合……」

ハミルトンはなにかを途中《とちゅう》まで言いかけて口をつぐんだ。

「とにかく、いい機会だ。ロンドン行きについて、一度考えてみるといい。そして、決めたら私に知らせたまえ。いいようにとりはかろう」

ハミルトンはそれだけ言って、カトリの肩《かた》をたたき、博物館の建物にもどっていった。


その日、カトリの仕事ぶりはさんざんだった。管理番号を打ちまちがえる。指示《しじ》されたものとは別の収蔵品《しゅうぞうひん》を学芸員に渡《わた》す。これから出す手紙と取りちがえ、受けとった手紙をポストに投函《とうかん》する。けつまずいて研究員の机《つくえ》の上の資料《しりょう》の山を崩壊《ほうかい》させる。などなど。

最後に、収蔵品《しゅうぞうひん》の管理簿《かんりぼ》の上に黒いインクをこぼしたあと、カトリはミセス・ドノバンにひとしきり派手《はで》におしかかりを受けた。

「今のあんたは博物館を破壊《はかい》しかねないですね。注意力ってものがまるでない。今日はもう帰りなさい。それがスコットランドの歴史《れきし》と文化のためです」

ミセス・ドノバンは自分の説教でクラクラとしているカトリを見、ため息をついてそう言った。

カトリ自身も同感だった。そうさせてもらいますと言って荷物をまとめ、まだ明るいうちに博物館をあとにした。

エディンバラ博物館《はくぶつかん》は旧市街《きゅうしがい》の中心部、大学や図書館、裁判所《さいばんしょ》、市庁舎《しちょうしゃ》などが立ちならぶ区域《くいき》にある。『マクラウズ』が店をかまえる王城通《おうじょうどお》りまでは歩いて十分もかからない。

カトリはいつになくぼうっとしながら帰り道をとぼとぼと歩いた。頭がついていかない。リズがなにかを企《たくら》んでいること、マッセルバラでの恐怖体験《きょうふたいけん》、そしてフランソワ・バスの誘《さそ》い。カトリがなにひとつ答えを出せないでいるあいだに、どんどん考えなければならないことが増《ふ》えてゆく。

そうこうしているあいだに家の前についたが、今日は早めに帰る気がしなかった。店はフィルのおかげでうまくまわっているし、家に帰ればいやおうなしにロンドン行きの選択肢《せんたくし》についてエリーやジョシュに話さなくてはならないだろう。カトリはすこしでもそれをあとまわしにしたかった。

しばらく歩いたカトリは、一軒《けん》の店の前に行列ができているのを見つけた。カトリの幼馴染《おさななじ》みであるジェイクの家族が営《いとな》んでいる宿屋、『ケラッハズ・ハット』だ。一階は食堂《しょくどう》になっており、リズやカトリは食堂の隅《すみ》の席を溜《た》まり場《ば》として使っていた。

なんの騒《さわ》ぎかとカトリがのぞきこもうとすると、店の前にひとりの少年が出てきて、人だかりに向かってなにやら呼《よ》びかけている。ジェイクだ。

「二列にならんでください。ご安心を。じゅうぶん、数はありますので、今おならびの皆《みな》さんはお買い求めいただけます」

カトリは、おーいジェイク、と呼びかけた。ジェイクはカトリを見つけると、うれしそうに笑った。

「こんな時間にめずらしいな、カトリ。博物館の仕事はもう終わったのか？」

ジェイクが聞く。この一年でカトリと同じくらいまで背《せ》が伸《の》びたジェイクは、あごにまばらな無精《ぶしょう》ひげを蓄《たくわ》え、すこし大人っぽくなった。

「おう、スコットランドの歴史《れきし》と文化のための早あがり。それよりなにこれ？　喧嘩《けんか》？」

「うちをなんだと思ってるんだ。喧嘩を見るのに列なんか作るかよ。スコーンだよ、スコーン」

ジェイクが行列の先を指さす。いつのまにか『ケラッハズ・ハット』の壁《かべ》に出窓《でまど》があけられている。出窓の奥《おく》にジェイクの兄のローズがおり、紙で包んだスコーンを売っていた。

「持《も》ち帰《かえ》り販売《はんばい》なんて、いつはじめたの？　それにすごい人気だね」

「おいカトリ、嘘《うそ》だろ、街中の大評判《だいひょうばん》なのに、知らないのかよ。これ、見ろよ」

ジェイクは手に持っていたよれよれの冊子《さっし》をカトリに押《お》しつけた。表紙を見るに、スコットランドの観光ガイドのようだ。大きな付箋《ふせん》が貼《は》ってあるページを開くと、なんと『ケラッハズ・ハット』が載《の》っている。カトリは線が引かれた箇所《かしょ》を読んだ。

――『……旧市街《きゅうしがい》の散策中《さんさくちゅう》に小腹《こばら》が空《す》いたのなら、「ケラッハズ・ハット」に立ちよるのがいいだろう。宿屋の一階にある庶民的《しょみんてき》で居心地《いごこち》のよい食堂《しょくどう》では、温かい軽食を財布《さいふ》に優《やさ》しい値段《ねだん》で食べることができる。中でもスコーンは格別《かくべつ》で、私《わたし》の意見ではニューキャッスル以北で食べられるスコーンの中では最高のものだ』

すごいじゃん、と驚《おどろ》くカトリに、ジェイクが興奮《こうふん》した様子で説明する。

「その観光ガイドの記事が、ほかの新聞なんかでも報道《ほうどう》されてこの騒動《そうどう》だよ。いちいち食堂で座《すわ》らしてたんじゃおっつかないから、壁《かべ》をぶちぬいて持《も》ち帰《かえ》り専用《せんよう》のカウンターを造《つく》ったんだ」

ジェイクは人だかりを顎《あご》でしゃくって言った。

「へえ、知らなかったよ。大繁盛《だいはんじょう》じゃん。よかったね」

「そうだ、カトリ。おまえ、暇《ひま》なら手伝ってくれよ。いつもうちで食ってるんだから、そのつけだと思ってさあ」

ジェイクの無遠慮《ぶえんりょ》な依頼《いらい》に、カトリは思わず苦笑《くしょう》した。

「つけっつったって、お代は毎回きっちり払《はら》ってるんだけどなあ。でも、まあ、いいよ。なにすればいい？」

「ありがたい。ローズがもう替《か》わらなくちゃならないから、売り子をやってくれ。こっち、こっち」

ジェイクはカトリを半ば引っぱりこむようにして店に入った。出窓《でまど》では体格《たいかく》のよい青年が忙《いそが》しそうに客をさばいている。彼《かれ》はジェイクのいちばん上の兄で、カトリとも顔馴染《かおなじ》みだった。

「ローズ、カトリが手伝ってくれるって。交代していいよ」

「カトリ？　おう、久《ひさ》しぶりだな。ありがたい。たのむよ」

ローズはそう言うと、今しがた自分の立っていたところにカトリを押《お》しだした。待たされていた買い物客が、いっせいにカトリに硬貨《こうか》を握《にぎ》った手を差しだす。

「ちょ、ちょっと、いきなりすぎるよ。どうすりゃいいのさ」

カトリは慌《あわ》てて肩越《かたご》しに抗議《こうぎ》した。

「スコーンは一個《こ》六ペンス、ひとり四個まで。ストックはバックヤードにあと三百くらいかな。じゃよろしく」

ローズはそう言って分厚《ぶあつ》い手のひらでカトリの肩《かた》をたたくと、大急ぎで厨房《ちゅうぼう》のほうに消えていった。

瞬《また》く間《ま》にスコーンを求める客が押しよせ、カトリは汗《あせ》をかきながらもなんとか対応《たいおう》した。ほしい個数をたずねる、お金を受けとる、スコーンを紙袋《かみぶくろ》に入れて渡《わた》す。個数をたずねる、お金を受けとる、スコーンを紙袋に入れて渡す。

それにしても大した人気だ。近所の買い物客だけではなく、新市街から買いに来た様子の使用人風の男性《だんせい》、観光客、銀行家。ふだんは王城通りで見かけないような人々まで、わざわざ買いに来ているとなると、街中の大評判《だいひょうばん》というのはあながち嘘《うそ》ではないらしい。スコーンはカトリが売り子を交代してから一時間もしないうちになくなった。

「売り切れ！　売り切れです！」

ジェイクが行列に向かってさけぶ。ならんでいる人々から不満の声があがる。

「すみませんね。大好評《だいこうひょう》につき、今日の分はもうありません！　明日《あした》十三時から買えますんで、よろしく！」

ぶつくさ文句《もんく》を言いながら、スコーンを求める人々の群れは解散《かいさん》していった。


「カトリ、助かったぜ」

カトリとジェイクが食堂《しょくどう》の端《はし》っこのテーブルに座《すわ》ってぐったりしていると、ローズがスコーンが盛《も》られた皿を運んできた。

「売り切れたんじゃなかったの？」

「客に出す分は売り切れ、自分たちが食べる分は別だ。そうだろ。まあゆっくりしていけよ」

ローズはそう言い、忙《いそが》しそうにほかのテーブルの注文をとりにいった。カトリはスコーンをひとつかじった。表面はしっかりとした食感だが、中は柔《やわ》らかい。かみしめると、上品な甘《あま》さとともにバターと小麦のよい香りが口に広がり、鼻にぬけた。

「おいしい！　これ、前と味がだいぶちがってるんじゃない？」

「すこしずつ改良してるからな。去年くらいかな、リズがうちのスコーンをほめたことがあっただろ。それであいつに試作品を食べさせて、感想を聞きながら、いろいろ試《ため》したんだ。材料の配分とか、火の入れかたとかな」

「そんなことやっていたんだ。知らなかった」

カトリは早くもスコーンをひとつ平らげながら言った。ジェイクとリズは仲がいいのか悪いのかよくわからない。

「しかし、こんなことになるとはね。うちの店も、ついに世界に見つかってしまったか」

ジェイクはしみじみと言って、思いだしたように付けくわえた。

「そういやさ、リズ、最近来てないけど、元気？」

カトリはうーん、と言って、天井《てんじょう》を見た。

「元気、ではなさそうだね。この前半年ぶりに会ったんだけど、なんというか、あいつのことがわからなくなってさ」

カトリはマッセルバラへの旅行についてジェイクにつたえた。

「マッセルバラに行ってもリズはなにも言わないんだ。自分だけでなんか納得《なっとく》したふうでさ。

わたしは、あいつがなんか変なことを考えてるんじゃないかって心配しているのに、人の気も知らないで」

カトリは不満げな口調をおさえることができなかった。

「言ってることはわかるなあ。去年、おまえがいなくなったときに、リズといっしょにいろいろとやったからな。あいつは自分の考えを説明しない。そんで、必要になったときだけ口に出すだろ」

ジェイクは欠けたカップに入った水を一口飲んでからつづけた。

「でもさ、俺《おれ》はそういう人間といるほうが楽なんだよな。ほら、俺は末っ子だから、いつでもママや兄貴《あにき》たちにあれやれこれやれって言われてきたんだ。なんでもかんでも考えを打ちあけられて意見を聞かれても、困《こま》っちまうよ」

「兄貴やお母さんだったらそれでもいいけどさ。対等な友だち同士《どうし》なんだから、せめて自分の目的くらい説明してほしいんだよね」

カトリはそうこぼした。

「カトリがイラつくのもわかるけどね。おまえは頭がいいから、自分で考えるために一から十まで話してほしいと思うんだろ」

「そういうわけじゃないよ。わたしは……」

「まあ、まあ、聞けって」

ジェイクはなだめるように言う。カトリは納得《なっとく》できなかったが、ジェイクが今のような話しかたをするのはめずらしいことだったので、だまって聞いていた。

「だけどさ、リズはおまえを誘《さそ》ったわけだろ。ほかのだれでもなく。あいつがなにかやましいことをしようとしているならなおさら、それは大きいことだと思うけどね」

そうかなあ、と言ってカトリはスコーンをかじった。よく考えればジェイクの言うことも一理ある。

「そうかもね。とにかく、考えてくれてありがと」

「もっと感謝《かんしゃ》しろよ、ない頭使ってアドバイスをひねりだしてるんだから」

ははは、と笑ったその瞬間《しゅんかん》、カトリの手首に痛《いた》みが走った。机《つくえ》の下で袖《そで》をまくり様子を見ると、マッセルバラで刻《きざ》みつけられた渦巻《うずま》き形《がた》の印がより濃《こ》く、大きく、そしてまるで蔓草模様《つるくさもよう》のように外側に広がっていた。

「おまえ、墨《すみ》入れてんの？　まじ？」

気が付くと、ジェイクもカトリの手首をのぞきこんでいた。カトリははっとして印を隠《かく》した。

「なんでもない。ジェイク、わたしはそろそろ帰るよ。これについては、だれにも言うなよ」

「言わねえけどさ、カトリ、あんまりグレんなよ。あと、どうせならデザインをもっと考えたほうが……。おっと、これ持ってけ。俺《おれ》は毎日食べてるから」

ジェイクはそう言ってテーブルの上のスコーンを紙袋《かみぶくろ》に入れてカトリに押《お》しつけた。

カトリはありがとう、とお礼を言ってカバンに入れ、『ケラッハズ・ハット』をあとにした。

これはなにかの前兆にちがいない。うずく手首を揉《も》みながら、王城通りを歩くカトリはなぜか、生臭《なまぐさ》い潮風《しおかぜ》を感じたような気がした。

カトリはおそくなる時間の中をさまよう

『ケラッハズ・ハット』から帰宅《きたく》すると、カトリは自室にこもり、なにが起こるかと待ちかまえていた。なにせ相手は二百年近くマッセルバラにひそみ、過去《かこ》の不可思議《ふかしぎ》な事件《じけん》を引きおこした怪人《かいじん》なのだ。いきなり、イードリン・メイクルの根城であるらしい「夜の底」とやらに引きずりこまれるかもしれない。

しかし、カトリの予想に反して、なにもおかしなことは起こらない。いつもと同じ、金曜日の夕方、時間がゆっくりと流れている。手首の印も、消えはしないものの、痛《いた》みは徐々《じょじょ》に薄《うす》れていった。拍子《ひょうし》ぬけしたカトリは、階下に下りて、食事のしたくをしているエリーを手伝うことにした。

結局カトリはエリーにもジョシュにも、フランソワ・バスとの面会については一言も話さなかった。来年からロンドンに行きたいという気持ちがないわけではなかったが、カトリの心の

中で、その選択肢《せんたくし》をうまく整理することができなかった。まだこのエディンバラでやらなければならないことがあるような、そんな気がしていたのだ。

いつものように食事を終え、自室にもどったカトリは、急に疲《つか》れを感じ、早々にベッドに入った。しかし、なかなか寝付《ねつ》けない。体は疲れているのに、頭が妙《みょう》に冴《さ》えていろいろなことを考えてしまう。今日のフランソワ・バスとの会話。スペンサーがようやくレポートに許可《きょか》を出してくれたこと。マッセルバラでのリズとの会話。去年博物館で起きた行方不明事件《ゆくえふめいじけん》。リズとはじめて会った日のこと。教区学校でジェイクといたずらをして遊んだこと。『マクラウズ』に養子に来た日のこと。生まれた家のこと。考えごとは時間をどんどんさかのぼり、それぞれのイメージが意味不明な形で溶《と》けあって、ぐるぐるとカトリの頭の中をかけめぐった。

「だめだ、眠《ねむ》れない」

何時間もベッドの中で粘《ねば》ってから、カトリは起きあがった。もう深夜だろう。

カトリは久《ひさ》しぶりに図書館から借りている本を読みはじめた。街の図書館では未成年は会員《かいいん》証《しょう》をもらえないのだが、博物館の仕事で資料《しりょう》を借りに行った際《さい》に、図書館の司書が、数冊《すうさつ》であれば自分のものも借りていいと言ってくれたおかげで、読みたい本を読むことができる。カトリの部屋のゆいいつの窓《まど》は王城通《おうじょうどお》りに立っているガス灯が近く、蠟燭《ろうそく》やランプを灯《とも》さなくても、夜に本を読むことができる。

しばらくページをめくり、カトリは部屋の隅《すみ》に置いてある中古の置き時計に目をやった。もうとっくに零時《れいじ》を過《す》ぎていると思ったのに、まだ九時前だ。

カトリは急に心細くなった。夜がこんなに長く感じるなんて、いつ以来だろう。

眠《ねむ》れない夜の焦燥《しょうそう》にさいなまれたカトリは、いても立ってもいられなくなり、腰《こし》をあげて階《かい》段《だん》を下りた。店のあかりがまだついている。のぞきこむと、エリーがカウンターに向かい、書類仕事をしていた。

「カトリ、まだ起きていたの？」

カトリに気がついたエリーが声をかけた。

「夜が長く感じるんだ。まるで時間がどんどん伸《の》びているような気がする」

カトリは頭をくしゃくしゃとかきながら言った。頭に汗《あせ》をかいていた。

「私《わたし》も昔はそういうふうに感じることがあったよ。若《わか》いころには時間が伸びたり縮《ちぢ》んだりするだろう」

エリーは笑って言った。カトリは店の隅にある椅子《いす》に腰かけた。すぐに自分の部屋にもどる気にはなれず、だれかと話したかった。

「エリー、昔は仲がよかったけど、今はもう会わないような友だちって、いる?」

カトリはずっと心につかえていたことを話した。

「ああ、たくさんいるね。あんたにとってのジェイクやリズのように、しょっちゅういっしょに遊んでいたけれど、いまやどこでなにをしているのかわからない人もいる」

「どうして会わなくなったの?」

「いろいろさ。喧嘩別《けんかわか》れみたいにわかりやすいものもあれば、なんとなく生きかたが変わったり、住む場所や、なにを大事にするかって考えかたがすこしずつずれていくこともある。子どものころは、だいたいみんなおんなじところで学んだり遊んだりしていても、大人になってからの人生は人それぞれなんだ。それが楽しくもあり、寂《さび》しくもあるね」

エリーは鼻メガネをずらして帳簿《ちょうぼ》をつけながら、ゆっくりと話した。最近、近くが見えにくくなったとかで、書類仕事をするときはメガネをかけている。

「なんだ、友だちと喧嘩したの?」

エリーは帳簿から目をあげず、カトリにたずねた。

「喧嘩ってわけじゃないんだけど。友だちってどういうふうに友だちでなくなるのかと思って」

カトリはそう言った。

そう、とだけエリーは答えた。しばらくカトリも口を開かず、エリーの鉛筆《えんぴつ》が帳簿《ちょうぼ》の上をすべる音だけが聞こえてきた。

「一度友だちであったのなら、ずうっと友だちだろう」

エリーはなんでもないような口ぶりでそう言った。

「喧嘩《けんか》してても？　もう会わなくなってても？」

「ああ、たとえ絶交《ぜっこう》したって、かつて友だちだった時間が消えるわけじゃないんだから」

「そうかなあ」

カトリはエリーの言葉をうまく飲みこめなかった。

「ずっといっしょにいるだけが友だちだと思っているんだったら、あんたもまだまだ考えが若《わか》いね」

エリーがほほえんで、話をつづけた。

「なんというかね、友人というものは、どこかに行く途中《とちゅう》にたまたま出会って、わかれ道に行きつくまで、しばらくのあいだいっしょに歩く。その程度《ていど》のものさ。だからこそ尊《とうと》いんだ」

エリーはポツリと言って、慣《な》れた手つきで鉛筆の先をナイフで削《けず》り、削りかすを屑《くず》入《い》れに捨《す》てた。

エリーは目をあげて、だまっているカトリのほうを見た。

「気骨《きこつ》のある人間はそれぞれの道や生きかたがあるから、どうしてもずっといっしょってわけにはいかない。そんなもんさ。対等な友人関係っていうのは、どんなに親しくつきあっていたとしても、常《つね》に別れが選択肢《せんたくし》にあるんじゃないかね」

エリーの口調は優《やさ》しかったが、その内容《ないよう》は今のカトリには厳《きび》しいものに聞こえた。

エリーは鉛筆《えんぴつ》を置き、帳簿《ちょうぼ》を閉《と》じた。それから柱時計を見て、伸《の》びをした。

「よし、私《わたし》はもう切りあげるよ、あんたも早めに寝《ね》なさい」

「うん、そうするよ」

エリーの言葉を消化できないまま、カトリはそう言った。

エリーは店のあかりを消して階段《かいだん》をのぼっていった。

カトリも三階の自室にもどり、ふたたびベッドに座《すわ》った。考えごとが消えたわけではなかったが、さっきよりは気持ちが落ちつき、今なら眠《ねむ》れるような気がした。

横になる前に時計に目をやったカトリはぎょっとした。

時刻《じこく》はまだ九時をすこしだけ過《す》ぎたばかりだった。さっき時計を確認《かくにん》してから、少なくとも一時間はたっているはずなのに。カトリは時計がおかしくなったのかと、忍《しの》び足《あし》で階下に行って店の時計を確認《かくにん》したが、店頭の時計の針《はり》も同じ時刻《じこく》を指している。

おかしい、カトリは思った。眠《ねむ》れなくて夜を長く感じるという次元を超《こ》えている。

カトリは自室にもどり、暗い部屋の中で、じっと時計の長針《ちょうしん》をにらみつけ、心の中で数を数えた。五十九、六十……。一分がたったはずだ。まだ長針は動かない。百三十、百三十一……。まだ、もう二分以上たったはずなのに、時計はピクリともしない。七百三十一、七百三十二……。

そこまで数を数えたとき、ほこりの積もった古い時計の針が、かちりと動いた。

そんなばかな、とカトリは頭を抱《かか》えた。一分が十二分以上に感じられる、いや、一分が十二倍に引きのばされているように感じているのか。気のせいというには、あまりにもカトリの体感と時計の時間が異《こと》なっている。

そのとき、カトリの手首が痛《いた》んだ。カトリはパジャマの袖《そで》をめくって、手首の内側を窓《まど》から入ってくるガス灯のあかりにかざした。渦巻《うずま》きのような模様《もよう》はさっきよりも濃《こ》くなっている。

カトリはこの異常《いじょう》に長い夜が、マッセルバラでのふしぎなできごとと関係しているのだと確信した。あのときリズが言ったように、この印は、「夜の底」とやらに招《まね》かれるための招待状《しょうたいじょう》のようなものなのだろう。

しかし、そこでなにをしろというのだろう。過去《かこ》の事件《じけん》の黒幕《くろまく》であるという、イムラック牧《ぼく》師《し》と対峙《たいじ》するのか。それとも日常《にちじょう》にもどるために出口を探《さが》しまわるのだろうか。

過去に事件に巻《ま》きこまれたときとはちがい、カトリは気がのらなかった。ふしぎの根源《こんげん》にたどりついたとき、それがなんであれ、カトリとリズのこれまでの関係に決定的なにかをもたらす予感があったからだ。

カトリは暗い部屋で椅子《いす》に腰《こし》かけ、窓《まど》の外のガス灯の中にゆらめく炎《ほのお》をながめながら、リズとのこれまでのことを思いかえした。彼女《かのじょ》とは一心同体というわけでも、考えていることが手に取るようにわかるというわけでもない。しかし、リズはカトリの古い世界を壊《こわ》した人物であった。彼女との出会いによってカトリの日常が、それ以上に、思考と世界が広がったのだった。

うっすら予感しているリズとの友情《ゆうじょう》の終わりは、単なる友人との別れ以上に、ひとつの季節が終わるような寂《さび》しさを含《ふく》んでいた。

——「友人というものは、どこかに行く途中《とちゅう》にたまたま出会って、わかれ道に行きつくまで、しばらくのあいだいっしょに歩く。その程度《ていど》のものさ」

エリーはそう言っていた。カトリは何度かその言葉を反芻《はんすう》した。そうかもしれない。だけれど、エリーは大人になってから過去《かこ》をふりかえって話をしているのだ。まさにその渦中《かちゅう》にいるカトリにとって、エリーの話はあまりにも冷たかった。しばらくのあいだいっしょに歩く？　どこに向かって？　向かう先はわかれ道じゃないか。

――「だけどさ、リズはおまえを誘《さそ》ったわけだろ。ほかのだれでもなく」

ジェイクはそんなことを言っていた。

「リズは、わたしを誘った、か」

カトリはつぶやいた。わかれ道への旅に、それでもリズはカトリを誘った。その意味を考えると、これまでふわふわと頭の中を漂《ただよ》っていたいらだちや不安が、ゆっくりと心の底に沈殿《ちんでん》していく。消えてはいないが、それでも腹《はら》を括《くく》って、積もった泥《どろ》の上を踏《ふ》みかためて歩くことができるように思えた。

「よし、やるか」

なにが待っているにせよ、あいつとおしまいまで歩いてみよう。結局のところ、はじめからそれだけがカトリとリズの友情《ゆうじょう》であったし、最後の瞬間《しゅんかん》までそうあるべきだ。

カトリはもがくのをやめ、ベッドに仰向《あおむ》けになり、目を閉《と》じて時間がゆっくりと流れるにまかせた。
気の遠くなるような時間が流れた。
かち、と音がした。ほこりをかぶった、古い時計の長針《ちょうしん》がわずかに時を刻《きざ》んだ。
一八八七年、十二月十日、午前零時零分《れいじれいふん》。

カトリは夜の底への旅をする

眠《ねむ》りとめざめの、ちょうど真ん中あたりでまどろんでいたカトリは、真《ま》っ逆《さか》さまに落ちる夢《ゆめ》を見た。いつもなら飛びおきるところだが、カトリは目覚めなかった。ただ落下してゆく感触《かんしょく》だけを認識《にんしき》していた。まどろみの中、カトリはどこまで落ちていくのだろうとぼんやりと考えた。

軽い衝撃《しょうげき》が走り、カトリは静かにまぶたをあけた。

窓《まど》からガス灯の柔《やわ》らかなあかりが差しこんでいる。先ほどと変わらない風景。しかし、カトリは今いる世界が先ほどとはまるで変わってしまったことに気づいていた。

ここが夜の底なのだ。

カトリはベッドから起きあがった。さあ、出発しなければならない。

カトリは靴下《くつした》とブーツをはき、ジャケットを羽織《はお》った。カバンに、いつも使っているランプ

とマッチ、ノートを放りこんで、階段《かいだん》を下りた。

いつもジョシュとエリーが眠《ねむ》っているはずのベッドは無人だった。店として使っている一階をぬけ、外に出ると、潮《しお》の匂《にお》いがどこからか吹《ふ》いてきた。王城通《おうじょうどお》りにはあかりはついているものの、人の影《かげ》すらない。世界から音というものが消えたかのように静かだった。

無人であるということのほかに、いつもとちがうところがあった。王城通りはもともと緩《ゆる》やかな坂道だが、どういうわけか、地面が東に向かってわずかにかたむいている。

カトリは王城通りを、東に向かって歩きはじめた。

静寂《せいじゃく》に包まれた通りを東に下ると、やがて北《きた》の大橋《おおはし》へ向かう大通りとの交差点に差しかかる。

谷の向こう側に新市街が見える。煌々《こうこう》とあかりは灯《とも》されているものの、やはり人の気配はない。東に向かえば向かうほど、地面のゆがみは一層《いっそう》大きく、かたむきは急になっているように感じた。

ふと、橋の向こう側に人影《ひとかげ》が見えた。カトリは立ちどまった。人影は徐々《じょじょ》に大きくなる。それがだれかを理解《りかい》して、カトリも橋を渡《わた》った。ふたりは橋の真ん中で落ちあった。

「やっぱりあなたも同じ場所に来ていたんだね」

まるで何事もなかったかのように、リズが言った。リズはいつもきっちりと編《あ》みこんでいる髪《かみ》を下ろし、ワインレッドに染《そ》められたビロードのマントを羽織《はお》っていた。肩《かた》から大きなカバンをさげている。

「どうやらここが夜の底らしいね。イードリン・メイクルはどこだ？　出口を聞かないと。この真夜中に閉《と》じこめられたままじゃいられない」

カトリはそう答えた。

見て、とリズが指さす方向に目を向けて、カトリは息をのんだ。

街の東に、巨大《きょだい》な穴《あな》が出現《しゅつげん》していた。

大穴は漏斗状《じょうごじょう》になっており、上部が広く、下に行くほどすぼまるようにせまくなっている。穴は中心に向かって螺旋《らせん》を描《えが》くように地形をゆがめ、穴の中層《ちゅうそう》までは街のあかりが見えるが、徐々《じょじょ》にまばらになり、穴の底のほうは漆黒《しっこく》の闇《やみ》しか見てとることができない。先ほどカトリが気づいた王城通りのかたむきは、あの大穴によるものだったようだ。

「まるで大きな蟻地獄《ありじごく》みたいだね、もう驚《おどろ》きはしないけど」

カトリは目を細めて、大穴をながめながら言った。

「カトリ、あの大穴の中心。どこかわかる？」

リズの言葉に、カトリは考えた。街の東、ほとんどフォース湾《わん》の近くの海岸沿《かいがんぞ》い。あのあたりにある町といえば……。

「マッセルバラか」

カトリの答えに、リズはうなずいた。

「あの大穴《おおあな》の底に沈《しず》んだマッセルバラに、きっとイードリン・メイクルがいるはず」

リズはカトリのほうを見た。

「私《わたし》はあそこに向かうけれど。あなたはどうする？」

さりげない言いかただったが、その声の裏《うら》にはかすかな動揺《どうよう》が聞きとれた。

カトリはエリーの言葉を胸《むね》の中《なか》でくりかえした。リズがなにを考えていても、たとえその結果が、ふたりの友情《ゆうじょう》の終わりだったとしても。まだその時間が残っているのであれば、カトリはリズとともに歩きたいと思った。

「わたしもついていくよ」

カトリはそう言った。リズは笑って、ありがとう、と言った。

「説明しろって、もう言わないのね」

「不満がないわけではないけど、行けるところまでついていこうかな、という心境《しんきょう》。どうせこここにとどまっていてもなにも変わらないだろうし」

「そう、怖《こわ》くはないの？」

「一応《いちおう》、招待《しょうたい》されているわけだから、いきなり頭から丸かじりにされるようなことはないだろ。言葉もしゃべれるようだし」

カトリは明るく言った。

「どうだか。でもいずれにしろ、ここでどれだけ待っても時間は一向に進まないし、やることがあるほうがあなたにとってもいいでしょう」

そう言ってリズは懐中時計《かいちゅうどけい》を取りだした。両方の針《はり》が頂点《ちょうてん》で止まっている。

「懐中時計、持ってるんだ。いいな。わたしも欲《ほ》しいんだよね」

「この前もらったんだけど、ここでは世界一無駄《むだ》なもののようだね」

リズはそう言って、懐中時計を肩《かた》にかけている大きなカバンの中に入れた。

「一度ここで作戦を立てない？　どうやってあの大穴《おおあな》の底にたどりつくのか。マッセルバラまでの道順、わかる？」

そうだね、とカトリはまわりを見渡《みわた》した。ちょうど橋の補修工事《ほしゅうこうじ》をやっていたようで、欄干《らんかん》の脇《わき》に工具などが置かれていた。カトリはそこにチョークを見つけ、ひとつ拾いあげた。

「いいもの見つけた。だれもいないから、これで書いちゃおう」

カトリは橋の真ん中にチョークで簡単《かんたん》な地図を書いた。こんなに異常《いじょう》な状況《じょうきょう》であっても、ふだんできないことをするのは、ふしぎな解放感《かいほうかん》があった。

「道はだいたいわかるよ。カールトン・ヒルとアーサーズ・シートの丘《おか》のあいだの谷をぬけて、まっすぐ行けば海に出る。そこから東に向かえばいいはずだ。まあ、これはあんな大穴《おおあな》があく前の話だけどね」

「マッセルバラを中心に大穴があいているのなら、海はいったいどうなっているのかな。海岸《かいがん》沿《ぞ》いの道が通れるといいけれど」

リズが言った。カトリはマッセルバラを中心に丸い円を書いた。

「ここからは見えないな。近づいて目でたしかめるしかない」

「そうね、あとはマッセルバラについたとして、町のどこに彼《かれ》がいるのか、わかればいいけど」

「それについては、この前、マッセルバラで書きうつした資料《しりょう》に、彼が住んでいた場所も記録してあるんだ」

カトリは自分のノートを開いた。

「それによると、フィッシャー・ロウってところに彼《かれ》の家はあるらしい。名前から考えると海辺の通りだろうね」

カトリは橋の上に書きこんだ地図の中心、マッセルバラの海岸にあたる部分に×印《ばつじるし》をつけ、チョークを放り投げた。リズはうなずいた。

「今考えられるプランとしてはじゅうぶんね。先に言っておくけど、私《わたし》が彼に聞きたいのはふたつ。過去《かこ》の事件《じけん》を引きおこしたふしぎな力の起源《きげん》はなにか。そして彼の目的はなにか」

「出口はどこかってのも忘《わす》れないようにね」

「それについてはあまり心配していないけど、まあ、そうね。あとはイードリン・メイクルの出方次第《しだい》だと思う」

だまってうなずきながら、カトリは考えていた。リズはそうすればいい。夜の底でイードリン・メイクルと対決するのはもう避《さ》けられないだろう。帰り道についてはそのあと考えればいい。

ただ、もしリズが、バージェス男爵《だんしゃく》やウィーグラフのように、自分の望みのために、星獣《せいじゅう》と呼《よ》ばれる怪物《かいぶつ》たちの力を求めようとするのであれば、いくら彼女《かのじょ》の決断《けつだん》だとしても止めなくてはならない。そのような事態《じたい》になれば、なんとか彼女をイードリン・メイクルから引《ひ》き離《はな》し、現実《げんじつ》のエディンバラに帰る。それがカトリのやるべきことだ。

「行こうか。長い旅になりそうだ。幸い時間は無限《むげん》にある」

カトリの言葉に、リズはうなずき、ふたりは歩きはじめた。


北の大橋を渡《わた》り、カールトン・ヒルのふもとを通り、静まりかえったエディンバラの街をぬけようとするころ、カトリはあることに気づいた。

「なんか、このあたりの街並《まちな》み、すこし変わっていないか？」

「地面がかたむいている以外にって、こと？」

「うん。このあたり、こんな古い街並みだったっけ？　ガス灯も形がちがう気がする」

リズはふうんと言いながらあたりを見渡し、掲示板《けいじばん》を見つけ、その内容《ないよう》を読みはじめた。

「あなたの勘《かん》はあたっているみたいね。これを見て」

リズが指さす掲示板には、さまざまなお知らせやメモが貼《は》りつけられていた。たずねびと、逃《に》げた飼《か》い犬《いぬ》の懸賞金《けんしょうきん》、工事のお知らせ、などなど。

「これがなに？」

リズがなにを言っているのかわからず、カトリはリズにたずねた。

「日付を読んでみて」

リズに言われたとおり、カトリは日付を読んだ。一八五三年とある。今年が一八八七年だから、三十四年前だ。

「時間がもどっているってこと？」

「おそらくね。渦《うず》の中心に行くにしたがって、昔の街を歩くことになるのだと思う。理由は計り知れないけれど」

リズが言う。カトリは考えた。この大穴《おおあな》を下るほどに時代をさかのぼってゆくのであれば、穴の底ではどこかの時代にたどりつくはずだ。

「たぶん、イードリン・メイクルが『夜の底』に消えた一七〇〇年ごろが基準《きじゅん》になっているんじゃないかな。時間をさかのぼっているというより、渦の中心がその時代で、上に行くにしたがって現代《げんだい》、つまり一八八七年に近づくんだ」

「なるほど、なかなか洒落《しゃれ》た仕組みじゃない」

リズはおもしろそうに笑って言った。

歩けど歩けど螺旋《らせん》の道はつづいている。ゆがんだエディンバラの街はずれの風景の中を、ふたりはただ歩みを進めた。もうそうとう歩いているはずだが、時間も距離《きょり》もわからなくなっていた。潮《しお》の匂《にお》いだけが次第《しだい》に強くなる。

「どれだけ歩けば、底につくんだろう。どうかなってしまいそうだよ」

歩《ある》き疲《つか》れたカトリはこぼした。単純《たんじゅん》な疲れだけではなく、ゆがんだ街を走る螺旋状《らせんじょう》の坂道をずうっと下っていると、どこか悪い夢《ゆめ》の中にいるような気分になってくる。

「そう？　私《わたし》はこの世界、好きよ。静かで、奇妙《きみょう》で、落ちつく。『霧《きり》の国《くに》』もこういう感じだったの？」

「忘《わす》れたよ。でも、必死に出ようとしていたんだから、いいところではなかったはずだ」

「あなたにとってはそうだっただけでしょう」

「そんなことないさ」

カトリは顔をこわばらせ、強い口調で言った。

「私はね、物心ついたときから、自分がここにいるべきではないと、ずっと思っていたの」

「ここって？　家のこと？」

「どこにいてもよ。最初は家、エディンバラに来てからは学校もそうね」

「前は、学校は楽しいって言っていたじゃないか」

「最初はね。でも時間がたつにつれて、結局のところ、学校も自分の居場所《いばしょ》ではないんだって思うようになった。学校に通っている時間なんて、型《かた》にはめられるまでの猶予期間《ゆうよきかん》にすぎない。たとえ、そうでなくても、どうせ卒業するしね」

「みんな、多かれすくなかれ、そう思っているんじゃないかな」

リズは首をふった。

「いいえ。学校で浮《う》いているのも、家族との折り合いが悪いのも、それは枝葉《えだは》にすぎない。根本的なところで、私《わたし》はどこか、世界とずれているの。問題は、私のほうから世間に迎合《げいごう》する気がないということ。私の気が強いこと、知っているでしょう。世の中に私のほうから合わせるのが、たまらなく腹《はら》が立つの」

カトリはなんと声をかけていいかわからず、だまって話を聞いていた。

「取り替《とか》え子《こ》って、知ってる？」

「民話でしょ。いつだったか、博物館の館長が話していたよ」

カトリは答えた。

「ええ。その話を聞いたとき、私はそれが自分だって思ったの。ここではない、別の世界からなにかのまちがいでここに来てしまった子ども。あなたはそれを、幼稚《ようち》な幻想《げんそう》だと思うでしょうね。でもこの考えは、歳《とし》を重ねるごとに強くなるの」

リズは言葉を強めた。

「だから私《わたし》は、過去《かこ》の事件《じけん》で私たちが目《ま》のあたりにした、あの力の根源《こんげん》を知りたいの。それが私にとってとても重要なものだから」

リズは話を終えた。カトリは複雑《ふくざつ》な気分だった。彼女《かのじょ》の告白《こくはく》は、聞いていて楽しいものではなかった。しかし、それと同時に、この二年間、リズがあえて話さなかったことをはじめてカトリに打ちあけてくれたことに対して、カトリは心中うれしく思っていた。

「わかった。聞きたいことも、言いたいことも山ほどあるけど、まずはおしまいまで君につきあうよ。わたしの立場を決めるのは、そこからだね」

カトリはそう言った。リズはそれでいい、と言ってうなずいた。

さらに歩みを進めると、不意にどこからか水が落ちる音がして、カトリは目を凝《こ》らした。

「うわっ。見て、あれ」

カトリは驚《おどろ》きの声をあげた。大穴《おおあな》の北側から、海が穴の中心に向かって流れこんでいる。螺《ら》旋状《せんじょう》の穴の北側の斜面《しゃめん》はまるで巨大《きょだい》な滝《たき》のようだ。カトリがいつか読んだ冒険小説《ぼうけんしょうせつ》の挿絵《さしえ》に描《えが》

かれたヴィクトリアの滝《たき》に似《に》ているが、その百倍は大きいだろう。

「あの滝をくぐっては進めないようね。どこかで垂直《すいちょく》に下りていかないと」

リズが言う。カトリはふと疑問《ぎもん》がわいた。

「あの海、最後はどこに流れこんでいるんだろう。ここが水でいっぱいになっていないってことは、水の逃《に》げる場所があるってことだよね」

リズはつづきをうながすようにカトリのほうを見た。

「つまり、大穴《おおあな》の底に行けば、出口が見つかるかもしれない」

「こんな不条理《ふじょうり》な空間だし、考えても無駄《むだ》だと思うけど。でもあなたの言うとおり出口があるとしたら最下層《さいかそう》近くでしょうね」

海が流れこむ滝の近くは、まるで何年もそうであったかのように、潮《しお》で洗《あら》われた建物がくずれ落ち、海藻《かいそう》やフジツボにおおわれている。ふたりは滝を迂回《うかい》するために、道を外れ、足がかりがある場所を見つけながら、すこしずつ大穴を下っていった。巨大《きょだい》な滝は轟音《ごうおん》を立てて穴の中心に向かって流れこんでいる。細かい水の粒《つぶ》が、滝からの風に乗って、大穴を下るふたりの顔を濡《ぬ》らした。

あたりは徐々《じょじょ》に暗くなってきた。穴の中心に近づくにつれて時代をさかのぼっているせいだろう。ガス灯は見つからなくなり、家々から漏《も》れる蠟燭《ろうそく》のあかりと、月光をたよりに、ふたりはもくもくと道を進んだ。

ふたりは高い崖《がけ》に差しかかった。螺旋《らせん》の道の先は、穴《あな》の底に流れこむ海の水によってさえぎられている。

「ここはまっすぐ下に下りるしかないな。わたしが先に行くから、あとからついてきてよ」

カトリはリズに言った。リズはええ、と小さくうなずいた。

カトリがリズの先を行き、かたむいた建物の壁《かべ》のわずかな窪《くぼ》みに足をかけながらそろそろと進んでいると、不意に上方で同じように壁にしがみついているリズが小さくさけんだ。次の瞬《しゅん》間《かん》、リズがすべりおちてきてカトリを巻《ま》きこんだ。

「わあああっ」

ふたりは悲鳴をあげながら滑落《かつらく》した。勢《いきお》いは止まらず、大穴の底ははるか下だ。死ぬ。カトリは覚悟《かくご》した。ここで死んだらどうなるのだろう。時間が止まった異空間《いくうかん》だとしても、滑落死を免《まぬが》れる理屈《りくつ》も道理も思いつかない。

その瞬間、捻《ね》じまがった柵《さく》がカトリの右手に見えた。カトリは死《し》に物狂《ものぐる》いでその柵をつかみ、反対の手でリズの襟首《えりくび》をわしづかみにした。カトリは腕《うで》がすこし伸《の》びたような気がしたが、ぎりぎりのところで勢《いきお》いは止まった。カトリは斜面《しゃめん》につきでたテラス状《じょう》の岩の上によじのぼり、リズを引っぱりあげた。

「死ぬ、本当に死ぬかと思った」

カトリは泥《どろ》だらけになったスカートを払《はら》いながら息をついた。リズはカトリのとなりでうずくまってげほげほと咳《せき》をしている。

「助かった。でも、次、私《わたし》をつかむときは、襟首《えりくび》はやめてもらえる？　首が、絞《し》まって」

リズが涙目《なみだめ》で立ちあがりながら言う。

「つかみやすいところを選ぶ余裕《よゆう》があればそうするよ。ちょっと休憩《きゅうけい》しようか。どれだけ歩いたのかわからないけど、いったん休んだほうがいい」

カトリはそう言った。リズはまだしゃがみこんでいるが、しゃがれた声で、賛成《さんせい》、と言うのが聞こえた。

近くに小さな家があった。現実世界《げんじつせかい》では、海沿《うみぞ》いに広がっていた牧場の管理人が住んでいる場所だったのだろう。

扉《とびら》があかなかったので、ふたりは窓《まど》を割《わ》って無人の家に入った。あかりはなかったが、暖炉《だんろ》には薪《たきぎ》があった。カトリはカバンからマッチを取りだして暖炉に火を入れた。

火の前に座《すわ》り、滝《たき》の飛沫《しぶき》で濡《ぬ》れたジャケットを脱《ぬ》ぎ、ブーツの紐《ひも》をゆるめると、カトリは急に疲《つか》れと飢《う》えを感じた。リズはいつにも増《ま》して顔色が悪い。こんなに長く歩きつづけたのはカトリだってはじめてのことだ。リズについては言うまでもないだろう。

「そういや、いいものがあるよ」

カトリはそう言ってカバンの中を漁《あさ》り、紙袋《かみぶくろ》を取りだした。

なにそれ、と言うリズにカトリはなにも言わずに紙袋ごと放った。

「スコーンじゃない、どうしたの？」

袋をあけたリズが言う。心なしか声のトーンが高くなっている。

「ジェイクにもらったんだ。火であぶって食べよう。『ケラッハズ・ハット』、今すごいことになってるんだよ。スコーンのためだけに行列ができててさ」

カトリはスコーンを暖炉《だんろ》の火であぶりながら、昨日、と言うにははるか昔のことに思えたが、ジェイクの家のスコーン販売《はんばい》を手伝ったときの話をした。

「温めなおしでもなかなかいけるね。バターもジャムもないのが残念だけれど。それで、ガイドブックにはなんて書かれていたの？」

暖炉の火で温めたスコーンをぱくぱく食べながらリズが言う。

「なんだっけな。そうだ、『ニューキャッスル以北で最高のスコーン』だって」

リズは声を立てて笑った。

「はは、じゃあ、ニューキャッスルより南にはもっと上の店があるのね。ジェイクのスコーン道もまだ先が長そう」

「厳《きび》しいなあ。べつにあいつが焼いているわけじゃないし」

カトリもリズにつられて笑った。

「ジェイク、君のこと気にかけてたよ。行けるときに顔出して、またスコーンの批評《ひひょう》してあげたら？」

「行きたいね、うん」

カトリの問いかけに、リズはそれだけ言った。しばらくふたりはだまってスコーンを食べていた。

「ついでだから言うけれど、昨日さ、博物館で、ある人に出会ったんだ。フランソワ・バスっていう」

カトリはフランソワ・バスの話をリズにつたえた。ジェイクやエリーにはだまっていた話だったが、リズには聞いてほしかった。

リズはだまってカトリの話を聞いていた。

「行きなさい」

カトリが話しおわると、リズはカトリを見もせずに強い口調で言いきった。

「実を言うとわたしもそのつもり。この手の話は、行動するほうの選択肢《せんたくし》に賭《か》けるって、ずいぶん前に決めたんだ」

カトリはリズの強い口調に驚《おどろ》きつつ、そう言った。

「ロンドンはあなたには合うと思うよ。醜《みにく》さも、美しさも、愚《おろ》かさも、賢《かしこ》さも、ここよりずうっと多い場所だから」

リズは暖炉《だんろ》の炎《ほのお》がゆらめくのを見つめながら言った。

「だけど、その前に、そうだな、決着をつけたい」

「なにに？」

「エディンバラの街、ここで起こったすべてにさ」

カトリはそれだけ答えた。リズとの友人関係も、その「すべて」に入っている。

「この大穴《おおあな》の底にたどりつけば、あなたが望む決着はつくと思う。そうしたら、あなたは心置きなく飛びたてるね」

「確信《かくしん》があるんだね」

カトリはそう言った。リズはええ、と答えた。カトリは一度顔を背《そむ》け、それからふたたび口を開いた。

「ロンドンのこと、教えてよ。どんな場所があって、エディンバラとどこがちがうのか知りたいんだ」

「私《わたし》にとってはあまりいい思い出のある場所ではないけれど、あなたが気に入りそうな場所はいくつかあるね。まずは水晶宮《すいしょうきゅう》かな、あそこは一度は行かなくちゃね……」

カトリとリズは時間を忘《わす》れて語りあった。ロンドンの名所、知りあったときの思い出、将来《しょうらい》行ってみたい国。話題は尽《つ》きなかった。

暖炉《だんろ》の火によって生じた影《かげ》が古い民家の石積みの壁《かべ》まで伸《の》び、語りあうふたりのシルエットが、まるで影絵のように浮《う》かびあがっていた。


遠くで、ふしぎな音がする。水音のような、風の音のような。なにかが反響《はんきょう》するような低く深い音だ。カトリは目をあけた。

椅子《いす》に座《すわ》ったまま、いつのまにか眠《ねむ》ってしまっていたらしい。暖炉の火はもう消えて、薪《たきぎ》の奥《おく》に残り火がかすかに燻《くすぶ》っている。リズはすぐそばのベッドの上で横になっていた。

また音がひびいた。さっき聞いたものは夢《ゆめ》ではないらしい。

窓《まど》を見ると青白い光が差しこんでおり、それがゆっくりと点滅《てんめつ》している。月光にしてはおかしい。カトリは窓に歩みよった。

なにかが空を飛んでいる。海亀《うみがめ》のような、あるいはエイのような形をしており、細かく繊細《せんさい》そうな鱗《うろこ》を備《そな》えた、柔《やわ》らかな布《ぬの》のような質感《しつかん》だ。体全体が青白くほのかに発光しており、美しいが、どこか不吉《ふきつ》な印象《いんしょう》があった。

「リ、リズ。起きろ」

カトリはリズをゆさぶった。目覚めたリズは目をこすりながら外を見ると、真剣《しんけん》な表情《ひょうじょう》に変わった。

「ようやくだね。いつ出てくるかと思っていたわ」

「あれが、イムラック牧師《ぼくし》の正体？　いや、ちがうな」

カトリは自分の言葉を取り消した。

「あれは、昔マッセルバラに流れついた星獣《せいじゅう》だ。手記に書いてあるとおりだ。亀のような体、狼《おおかみ》のような顔、複数《ふくすう》の目……」

「ええ、そしてイードリン・メイクルの母親」

リズがささやくように言う。カトリはおぞましさに顔をしかめた。

大昔から存在《そんざい》し、宇宙《うちゅう》から来たという怪物《かいぶつ》たち。これらの存在と対峙《たいじ》したときのことを思いだすと、カトリはいつもほかでは感じることのない恐怖《きょうふ》を覚える。それは嫌悪感《けんおかん》からくるものではなく、けっして理解《りかい》できないものへの、深いおそれだった。

カトリはふとそばのリズを見た。リズは、空にゆったりと浮《う》かぶ星獣《せいじゅう》を見つめていた。その熱のこもった表情《ひょうじょう》に、カトリはぎくりとした。

「おい、リズ。だいじょうぶか?」

カトリはリズの肩《かた》をゆすった。リズは我《われ》に返ったように目を瞬《また》かせて、ええ、そろそろ出発しましょう、と答えた。

「あれが私《わたし》たちをどう認識《にんしき》しているのかわからないけど、今のところは見つからないほうがよさそう。なるべく物陰《ものかげ》を進みましょう」

リズは何事もなかったかのように言って、立ちあがり、服のほこりを払《はら》い、赤いマントを纏《まと》って、大きなカバンを小脇《こわき》に抱《かか》えた。

ブーツの紐《ひも》を結びなおし、カバンを肩にかけて出発の準備《じゅんび》をしながら、カトリは、先ほどのリズの表情《ひょうじょう》を頭からふりはらうことができなかった。

あの一瞬《いっしゅん》、リズの瞳《ひとみ》に浮《う》かんでいたのは、渇望《かつぼう》の光だった。小さな子どもがおもちゃのショーケースの前で見せるような、無邪気《むじゃき》で貪欲《どんよく》な視線《しせん》だった。カトリはひとつのことを確信《かくしん》した。リズは、あの星獣《せいじゅう》に、いや、あの化け物が住む世界にひかれている。

すでに覚悟《かくご》を決めたつもりでいたものの、それでもカトリは、これ以上進むのがおそろしくなった。イードリン・メイクルや、空を飛ぶ謎《なぞ》の生きものが怖《こわ》いのではない。それよりも、この大穴《おおあな》を下りてゆくほどに、リズが得体《えたい》の知れない怪物《かいぶつ》に変容《へんよう》してしまうような、そんな予感がカトリの心を寒くさせた。

しかし、もうあともどりをすることはできない。リズとともに夜の底に至《いた》り、真実を、物語の終わりを目《ま》のあたりにする道しか、もうカトリには残されていないのだった。


一度休憩《きゅうけい》をとってからは、ふたりはあまり言葉を交《か》わさず、大穴の底への旅をつづけた。幸い底に近づくほどに斜面《しゃめん》の傾斜《けいしゃ》は緩《ゆる》やかになっており、ほとんど苦労することなく進むことができた。さっき見た怪物はどこに消えたのか、空のどこを捜《さが》しても見つからない。

底に近づくほどに、空気がよどみ、磯《いそ》の生臭《なまぐさ》い臭《にお》いはより強くなっていった。

どのくらい歩いただろうか。ふたりは大穴《おおあな》の底に近いところまで来ていた。あたりはほとんど真っ暗で、カトリはランプに火を入れ、そのあかりをたよりに歩いた。上のほうを見ると漏斗状《じょうごじょう》の穴の縁《ふち》に無人の町のあかりが光っており、その奥《おく》に夜空が見える。さながら光の巨大《きょだい》な輪が天に浮《う》かんでいるような、非現実的《ひげんじつてき》であり、同時に美しい光景だった。

いつのまにかふたりの前には、古い石造《いしづく》りの家々が広がっていた。

「マッセルバラだ」

カトリはつぶやいた。ふたりは、ついに大穴の中心にたどりついたのだった。時間の感覚がなくなっているせいで、もう何年も旅をしてきた気分だった。あるいは、本当にそうなのかもしれない。

通りの先の大きな建物にも、カトリは見覚えがあった。石造りの三階建てに特徴的《とくちょうてき》な時計塔《とけいとう》がついている。

「見ろよ、あれ、わたしたちが資料《しりょう》を探《さが》したトルブースだ。昔からある場所だったんだね」

カトリはリズにささやいた。

「うん。私《わたし》たちが知っている町と様子がちがう。きっとここがイードリン・メイクルがいた時代のマッセルバラなのね」

カトリは、リズの声に、かすかに昂《たかぶ》っているものを感じた。

「で、どうする？　イードリンの家は海のそばにあるはずだ」

「行くしかないでしょう。ここで決着をつけましょう」

リズの声にうなずいたカトリは、なにかを踏《ふ》んで転びそうになった。

「あぶなっ、なんだ、これ」

カトリは自分が今しがた踏みつけたものをつまみあげた。手のひらにのるくらいの大きさのガラス玉だった。表面に丸い模様《もよう》があり、星の光を映《うつ》してキラキラと光っている。なんでこんなところに落ちているのだろう。そんなことを考えていると、なぜだかカトリはだれかに見られているような気配を感じた。カトリはまわりを見渡《みわた》したが、だれもいない。

「カトリ、なにしているの？　行きましょう」

リズがふりかえって呼《よ》んでいる。カトリはそのガラス玉が気になり、ジャケットのポケットに入れてから、リズの背中《せなか》を追った。

カトリとリズは町を北に向かった。川にかかった細い石橋を渡《わた》り、対岸の大通りをぬけて、港に出た。港には帆《ほ》がボロボロになった船の残骸《ざんがい》が浮《う》かんでいる。突堤《とってい》の付け根のあたりに数《すう》軒《けん》の家が立ちならんでおり、そのうちのひとつの家の窓《まど》にあかりが灯《とも》っている。

リズはふりむき、カトリはそれに応《こた》えるようにうなずいた。

時間が止まった世界の大穴《おおあな》、螺旋状《らせんじょう》の道、空には怪物《かいぶつ》が泳いでいる。ここがこれまでの冒険《ぼうけん》の終点なのだろうか。夜の底でなにが終わり、なにがはじまるのだろう。

カトリは夜の底の主人と対決する

ふたりは、あかりのついている家の扉《とびら》を押《お》した。鍵《かぎ》はかかっておらず、扉は簡単《かんたん》に開いた。磯《いそ》の臭《にお》いがいよいよ強くカトリの鼻をついた。

ふたりはゆっくりと家の中に足を踏《ふ》みいれた。

床《ゆか》には粗末《そまつ》な敷物《しきもの》が敷かれ、古い壁《かべ》には漁に使う網《あみ》のようなものがかかっている。木製《もくせい》のテーブルと椅子《いす》がひとつ。床の一部には太い釣《つ》り竿《ざお》や錨《いかり》などが転がっている。左手の部屋には、魚の骨《ほね》や牡蠣《かき》の貝殻《かいがら》のようなものが山積みにされている。イードリン・メイクルの父親は漁師《りょうし》だったということを、カトリは思いだした。

奥《おく》の部屋からゆらめく炎《ほのお》の光が漏《も》れ、ぱちぱちと薪《たきぎ》が弾《はじ》ける音がかすかに聞こえた。

ふたりはあかりがついている部屋をのぞきこんだ。

その瞬間《しゅんかん》。リズがさけび声をあげた。

部屋には暖炉《だんろ》があり、火が燃《も》えている。奥《おく》には寝台《しんだい》と粗末《そまつ》な安楽椅子《あんらくいす》がひとつあるのみだ。部屋には数えきれないほどの織物《おりもの》が積み重なるように置かれていて、そのひとつひとつには、カトリが博物館で見つけたような意匠《いしょう》の刺繡《ししゅう》がほどこされていた。

部屋の真ん中にある安楽椅子の上には幾重《いくえ》にも毛布《もうふ》が敷《し》かれ、その上にはなにかが横たわっている。最初、そこにいるのは、漁師《りょうし》や船乗りのような簡素《かんそ》な衣服を身にまとった、やせた老人のように見えた。

しかし、すぐにそれがまちがいであることにカトリは気がつき、息をのんだ。横たわっているのは人間ではない、その肌《はだ》はまるで乾《かわ》いた海藻《かいそう》のようで、手足の指はまるで徒長《とちょう》した植物のように細長い。頭は大きく、目があるはずの場所には暗い眼窩《がんか》がぽっかりとあいている。口は耳までさけていて、薄《うす》い唇《くちびる》や小さく尖《とが》った歯は、まるで魚のようだった。銀色で艶《つや》のある髪《かみ》は長く伸《の》び、床《ゆか》まで垂《た》れて折りかさなっている。

蠟燭《ろうそく》の弱い光に照らされた、まるで植物と魚と人をまぜたようなおそろしい容貌《ようぼう》に、カトリは凍《こお》りついた。リズもなにも言えずに浅い息を吐《は》いている。

――ようこそ。

音はせず、安楽椅子に横たわったその人物の口も動かなかった。それでもカトリには彼《かれ》がそう言ったことがわかった。

「これ、聞こえる？」

カトリはたずね、リズはうなずいた。

——こどもたち、よくきたね。永遠《えいえん》の夜の渦《うず》をこえて。

言葉をなくしているふたりに、音なき声は話をつづける。なめらかで冷たい声だった。

——お客を迎《むか》えるのは久《ひさ》しぶりだ。まちがいなく、きみたちは私《わたし》の家にまねく価《か》値《ち》がある。私はもう立つことも叶《かな》わず、おもてなしはできないことを許《ゆる》してほしい。

「あなたは？　イムラック牧師《ぼくし》なの？」

リズが言った。

「あるいはイードリン・メイクル」

カトリが付けくわえた。

――どちらも正解《せいかい》だ。だけれども私《わたし》はイードリン・メイクルと呼《よ》ばれるほうが好きだ。それこそが、私が生まれたときに父からもらった名前だからね。母は偉大《いだい》なるヴィルマ・エンブラ。君たちはここにくる途中《とちゅう》で会ったはずだ。

「空を飛んでいた生きもののこと？」

――そのとおりだよ。

声は答えた。

「あなたは、いったいどういう存在《そんざい》なんだ？　あなたがエディンバラで起きた過去《かこ》の事件《じけん》の黒幕《くろまく》なんだろう。『眠《ねむ》り病事件《びょうじけん》』も、年代記《ねんだいき》の事件もあなたが仕組んだんだ」

カトリは勇気を出して疑問《ぎもん》をぶつけた。

――そんなにいそぐ必要はないよ。ここでは時間はいくらでもあるのだから。それに、それは長い話だ。聞かせてあげるのは、やぶさかではない。だけどね、わたしは、まず君たちがなにを知っているのか知りたいな。長い長い時間を生きてきたが、私について調べ、会いたいと求める者はほとんどいなかったのだから、うれしいのだよ。

イードリン・メイクルの「声」は弾《はず》むように楽しげな調子だった。

――おしえておくれ、きみたちの冒険《ぼうけん》を、物語を。

リズがだまっているので、カトリはかわりに口を開いた。

「わたしたちは、あなたがばらまいた、星獣《せいじゅう》とかいう怪物《かいぶつ》が起こした事件《じけん》に巻《ま》きこまれてきた。最初の事件は二年前のこと……」

カトリは、これまでの事件におけるカトリとリズの冒険について、イードリン・メイクルに簡潔《かんけつ》に話した。眠《ねむ》り病事件《びょうじけん》のこと、ネブラの年代記の事件のこと。そして、ふたつの事件で得《え》られた手がかりと、博物館で偶然《ぐうぜん》発見した手記と布《ぬの》の刺繍《ししゅう》から、マッセルバラの牧師《ぼくし》とイードリン・メイクルは同一人物であることにたどりついたこと。

「さあ、わたしたちのことはすべて話した。次はあなたの番だ。なぜあんなことをやったのか、あなたはここでなにをしているのか、聞かせてもらおうか」

カトリは詰問《きつもん》するような口調で言った。

――君たちの話はわかった。しかし、ああ、なんてこと。ウィーグラフは死んだのか。彼《かれ》は純《じゅん》粋《すい》でかわいい青年だったのに。きみたちが殺《ころ》したのか。なんてひどいことを。

イードリン・メイクルはすすり泣くような調子で言った。

――それに、ジョージ・バージェスも。彼が孤独《こどく》の中で心からのぞんだ王国は、ついに完成す

ることはなかったのか。かなしい。とてもかなしいことだね。

　これがイードリン・メイクルなのか。二百年にわたって命をつなぎ、星獣《せいじゅう》と呼《よ》ばれる怪物《かいぶつ》たちをエディンバラに解《と》きはなってきた怪人。おそろしい容貌《ようぼう》とは裏腹《うらはら》に、頭にひびく彼の言葉はあまりにも感傷的《かんしょうてき》で、人間臭《にんげんくさ》かった。

——話をもどそうか。こどもたちよ。私《わたし》の正体に関するきみたちの推測《すいそく》は、おおよそ正しいものだよ。きみの言ったとおり、わたしはこの夜の底の創造者《そうぞうしゃ》である母と、マッセルバラの漁師《りょうし》のもとに生まれた。

　イードリン・メイクルの体は微動《びどう》だにせず、ただ声だけがひびく。

——私の半分は人間だけれども、母の力をかすかに受けついでいる。その力によって私はここにいながらにしてマッセルバラの住民たちと通じあい、影響《えいきょう》をあたえ、君たちにして見せたように、わずかな時間であれば操《あやつ》ることができる。この力によって、わたしは自分の存在《そんざい》を秘匿《ひとく》してきた。

「そのわりには、わたしたちの呼《よ》びかけに応《こた》えたじゃないか。トルブースの資料室《しりょうしつ》で」

——あの天体図で呼びかけられたら、私は応えなければならない。それが契約《けいやく》なのだ。

「契約？　マッセルバラの住人とのあいだの？」

――厳密《げんみつ》には、私《わたし》と町のあいだで結んだ古い契約《けいやく》だ。マッセルバラに住む者はだれでも、私に瞳《ひとみ》をあたえなければならない。その力により、この夜の底は存在する。そのかわりに、私は君たちが見つけた、あの天体図を通じてなされた呼びかけに応え、天災《てんさい》や疫病《えきびょう》を事前につたえたり、彼《かれ》らに知恵《ちえ》を授《さず》けたりしてきた。

「まるでいいことをしているような言いかたじゃないか」

カトリは皮肉っぽく言った。

――実際《じっさい》、そのとおりだよ。小さな町の守り神のようなものだ。今ではもう忘《わす》れられ、子どもたちの遊びとしてしか受けつがれていないようだがね。しかし、町の住民が忘却《ぼうきゃく》したとしても、契約は契約だ。合意は守られなければならない。マッセルバラの町が同じ名前でありつづけるかぎり、夜の底もまたありつづける。

カトリはリズが一言も発していないことに気づいた。リズはイードリン・メイクルを見つめている。その表情《ひょうじょう》からはなにも読みとれないが、視線《しせん》は刺《さ》すようにするどい。

――そして、そうだ。私は星獣《せいじゅう》たちを育て、傷《きず》を癒《い》やし、力を取りもどそうとした。その理由を聞いたね。君たちは、賢《かしこ》く勇気があるが、せまい時間でしか物事を見ることができない。夏のあいだだけ生きる虫にとって、世界は暖《あたた》かく、日差しに満ちた場所だと思うだろう。しかし、実際には秋があり、冬がある。

「夏の虫で悪かったね。理由があるなら聞かせてくれよ。あなたがなぜあのようなことをしたのか」

カトリは半ば話をさえぎるように、イードリン・メイクルに声をかけた。

――時間をさかのぼって説明しよう。君たちも知ってのとおり、わたしは母や彼女《かのじょ》の同族たちのことを星獣《せいじゅう》と呼《よ》んでいる。星の獣《けもの》、彼《かれ》らは太古からこの星の周辺に存在《そんざい》した、原始の存在であり、超次元《ちょうじげん》の意思なのだ。彼らはたがいに干渉《かんしょう》せずに長い時間を生きてきた。しかしだ。

イードリン・メイクルは言葉を切った。

――あるときから、星獣の中でより強く、力を持つ者があらわれた。それはゆっくりと力を増《ま》して、ほかの星獣を駆逐《くちく》しはじめた。君たちが遭遇《そうぐう》した星獣が皆《みな》、傷《きず》つき弱っていたことに気づいたかい？　マナドッグ・ムンヴァイルは月から落ちてきて、エディンバラの地下で眠《ねむ》っており、ディア・カダルはもう、その革《かわ》から生まれた本が作りだす世界の中でしか存在を許《ゆる》されない。私《わたし》の母も同じだ。弱りきってマッセルバラに流れつき、彼女の力でこの夜の底に縦穴《たてあな》を作って身を隠《かく》している。

「そういえば、あなたが作った天体図に謎《なぞ》の怪物《かいぶつ》みたいなものが描《えが》かれていたっけ。あなたが言っているのは、あの怪物《かいぶつ》のこと？　もしそうだとして、それがわたしたちになんの関係があるんだ？　怪物たちが内輪《うちわ》揉《も》めをしているだけだろ？」

カトリはそう言った。イードリン・メイクルの話への疑問《ぎもん》というよりも、背後《はいご》で話を聞いているリズが、カトリは気になっていた。リズは彼《かれ》や、彼の属《ぞく》する不可思議《ふかしぎ》な世界にひかれている。なんとか彼女《かのじょ》を現実《げんじつ》に引きとめようという焦《あせ》りから、カトリのイードリン・メイクルに対する口調はきついものになっていった。

――わからないだろうか？　母を傷《きず》つけた星獣《せいじゅう》はいよいよ大きくなっている。名前はダナンの星獣といい、もともと地球周辺に棲《す》んでいた星獣と異《こと》なり、はるか遠くの外宇宙《がいうちゅう》からやってきたのだ。彼女は盲目《もうもく》にして形なき悪霊《あくりょう》。人の文明に寄生《きせい》して育つ、見えざる星獣だ。今はまだ物理的な世界と彼女は隔《へだ》たっているが、いずれ、ダナンの星獣はその壁《かべ》を食いやぶって君たちの世界に侵入《しんにゅう》してくるだろう。見せてあげよう。

イードリン・メイクルの細長い、枯《か》れたツタのような指がかすかに動いた。

次の瞬間《しゅんかん》、カトリの頭にひとつの光景が流れこんできた。いつのまにか、カトリは空を飛んでいる。眼下《がんか》には巨大《きょだい》な都市が見える。ひときわ大きな時計塔《とけいとう》を見るに、おそらくロンドンのようだ。

巨大な都市に、なにか半透明《はんとうめい》の赤い泥《どろ》のようなものがへばりついている。ほとんど街をおおいつくすほどに大きい。その蠢《うごめ》きはまるで春の沼地《ぬまち》に見るミミズのかたまりのようで、貪欲《どんよく》になにかを食べようとしている。

それが通りすぎたあとの街は、腐食《ふしょく》したように赤黒く変色し、粘菌《ねんきん》のようなものにおおわれている。あちこちで火の手があがり、その黒煙《こくえん》で空は霞《かす》んでいる。

世界の終わりの光景だ。カトリは戦慄《せんりつ》した。

「これは、いったい？　あの怪物《かいぶつ》は？」

ささやくようにカトリはたずねた。カトリの意識《いしき》はイードリンの部屋にもどっている。となりで胸《むね》をおさえるリズの様子を見るに、彼女《かのじょ》も同じ光景を目《ま》のあたりにしたようだ。

——起こりうる滅《ほろ》びのすがただ。それを今、きみたちに見せた。

「例の手記には、あなたが姿《すがた》を消す前にこの世の終わりを予言したと書いてあった。それは今見た星獣《せいじゅう》のこと？　今見た存在《そんざい》が、いずれ世界を滅ぼすというの？」

リズが口を開いた。イードリンはつづける。

——ああ、そうだとも。このダナンの星獣こそが人類にとっての凶星《きょうせい》なのだ。数千年も前に地球にやってきた星獣が、どうして今になって脅威《きょうい》となるのかわかるかな？

カトリは首をふった。リズも沈黙《ちんもく》している。

——星獣《せいじゅう》は、情報《じょうほう》のながれと計算の中に、物理的世界とは別の場を作りだすことができる。この夜の底もそのひとつだ。人の脳《のう》を使う星獣が多いのは、今地球の周辺に存在する計算資源《けいさんしげん》がそれしかないからだ。しかし、ダナンはひとりひとりの人間の脳ではなく、その相互《そうご》にやりとりされる情報を餌《えさ》としている。つまり、人間の集団《しゅうだん》や社会、その機能《きのう》自体に寄生《きせい》している。情報の流れが大きいほどにダナンは大きくなり、力をつけるのだ。

イードリンは言葉を切った。

——しかしだ。ここ百年の文明の発展《はってん》の速さは、わたしの想像《そうぞう》をはるかに超《こ》えている。いまやひとびとの活動は世界に広がり、やりとりされる情報の量も速さも日ごとに増《ま》している。わたしやきみがまばたきをするあいだに、ひとの能力《のうりょく》を大きく上回る計算機械や、巨大《きょだい》な図書館に匹敵《ひってき》するほどの情報を、地球の裏側《うらがわ》に一瞬《いっしゅん》で送る技《わざ》が発明されるだろう。かたちなきものにとって、そのような巨大な情報の流れが起こることは、炎《ほのお》に無限《むげん》の薪《たきぎ》をくべるのと同じことなのだ。いいかな。彼女《かのじょ》は小さなガラス瓶《びん》に入れれば金魚のように小さい、しかし大海に放てば巨大なリヴァイアサンとなる。形がないのだから、その力はそれが入れられる器《うつわ》に比例《ひれい》して大きくなるのだ。

イードリン・メイクルは歌うような口調で話をつづける。

――おそれよ、おびえよ、こどもたち。破局《はきょく》は近いよ。人の子の文明がある程度《ていど》まで発展したとき、君たちが目にするのは、人類が築《きず》きあげてきた技術《ぎじゅつ》を器に、この世界にあらわれる姿《すがた》なき星獣《せいじゅう》だろう。人は滅《ほろ》びる、少なくともその文明は。

「それが正しいとして、ウィーグラフやバージェスをそそのかして事件《じけん》を起こしたことと、なんの関係があるんだ」

カトリはなんとか話を自分が理解《りかい》できる次元に持っていこうと口を挟《はさ》んだ。

――その質問《しつもん》は的外れと言わなくてはならないね。わたしはふたりをそそのかしたわけではないし、君たちが遭遇《そうぐう》した事件も、すべて表層的《ひょうそうてき》なものにすぎない。私《わたし》の目的は、弱く衰《おとろ》えたほかの星獣の傷《きず》を癒《い》やし、ふたたび力をとりもどさせること。そうすれば、ダナンの力をおさえられるかもしれない。

「どうしてほかの星獣を育てることが、ダナンという怪物《かいぶつ》の力をおさえることにつながるの？」

リズが不意に口を開いた。カトリはびくりと身を震《ふる》わせた。

――星獣はそれぞれ自分の領域《りょういき》を持ち、たがいに干渉《かんしょう》することは極《きわ》めて難《むずか》しい。地球周辺に太

古から存在《そんざい》した星獣《せいじゅう》がふたたび力をつければ、ダナンの星獣がすべてを食いあらすという破局《はきょく》は防《ふせ》ぐことができる。ひとつの圧倒的《あっとうてき》で巨大《きょだい》な力があるよりも、多様な力がたがいに牽制《けんせい》するほうがよい。人類の文明が進むのを止めることはだれにもかなわず、また人は星獣に対抗《たいこう》するすべを持たないのだから。

イードリンは言う。

――わたしにはもう時間がない。母は永遠《えいえん》の存在《そんざい》だが、二百年前の傷《きず》は癒《い》えず、力は徐々《じょじょ》に弱っている。私《わたし》も半分は人の子だ。ここにいることでなんとか長らえてはいるが、君たちと同じ定命《じょうみょう》のものであることに変わりはない。マッセルバラの牧師《ぼくし》として現実世界《げんじつせかい》にもどることができたのは、七十年が限界《げんかい》だった。

「イムラック牧師として、あなたはなにをしていたんだ?」

――ああ、そこは君たちの推測《すいそく》のとおり、私はほかの星獣を探《さが》しもとめた。何十年もかかってようやく二柱《ふたはしら》の星獣を見つけ、それが育つことができるような環境《かんきょう》をととのえた。そのつもりだったが、君たちがそれを挫《くじ》いてしまった。今の私にはもう物理的世界にもどる力はないのだ。あとわずかで、かすかに残った現実への干渉力《かんしょうりょく》もなくなるだろう。

頭にひびく声は、いつのまにかかすれ、弱々しく、懇願《こんがん》するような調子となった。

——こどもたちよ。この哀《あわ》れな怪物《かいぶつ》の言葉をきいておくれ。私《わたし》の力を引きついで、姿《すがた》なきものをとめておくれ。ほかの星獣《せいじゅう》を育てるのだ。わたしがやろうとしたように。それが、人の子が長らえるゆいいつの方法なのだよ。

「あれだけのことをしでかしておいて、次はわたしたちに事件《じけん》を起こす側になれだって？　あの事件をだれも解決《かいけつ》していなかったら、エディンバラの半分は亡霊《ぼうれい》みたいに眠《ねむ》りこけていて、あとの半分は霧《きり》の国《くに》にさらわれてしまっているよ」

カトリは我慢《がまん》できずに大きな声を出した。

——否定《ひてい》はしないよ。だけれども、エディンバラの街と引きかえに人類が救《すく》われるのなら、いい取引だと思わないかな。

「大きな目的のための犠牲《ぎせい》？　陳腐《ちんぷ》な悪役のセリフだ。わたしの家族も友人もあの街にいたんだ。それをおびやかしたやつの言うことなんて聞けるか」

——今のままでは、終わりは必ず訪《おとず》れるのだよ。だれかがわたしの意志《いし》を継《つ》がねばならない。

「そもそもなぜ人を救おうとするんだ、君は」

——ふしぎかな？　この風貌《ふうぼう》では無理もないだろう。だけど、わたしはどこまでいっても人間だ。母の力を受けついでも。この夜の底で生きながらえていても。人の営《いとな》みがいとおしいの

だ。マッセルバラですごした日々は美しい思い出だ。今でも町の人々を自分の子どものように思っている。

「わたしたちは今日を生きているんだ。何百年もあとのことのために、今生きている人間を犠《ぎ》牲《せい》にすることはできない」

カトリは必死に反論《はんろん》した。それはイードリン・メイクルに対してではなく、むしろとなりでなにかを考えこんでいるリズに聞かせるためだった。一連のリズの行動の目的は、ここに来ること。そして、イードリン・メイクルから今までの事件《じけん》の背景《はいけい》を聞くこと。そしてそのあとは？　カトリには、ただ、不吉《ふきつ》な予感だけがあった。

「おまえの誘《さそ》いにはのらない。わたしたちは帰る。リズ、行こう」

カトリはそう言って話を切りあげ、リズを見た。リズの、わずかに外斜視《がいしゃし》の入った黒い目がカトリをとらえた。一瞬《いっしゅん》の間があった。カトリはそれを永遠《えいえん》のように長く感じた。

「ええ、そうしましょう」

リズがようやく口を開き、きっぱりと言いきった。

カトリはすんでのところで快哉《かいさい》をさけぶところだった。ああ、よかった。自分は今まで、考えすぎだったかもしれない。結局のところリズは、自分といっしょにエディンバラにもどるつもりなんだ。喜《よろこ》ぶカトリの頭に、イードリン・メイクルの声がひびいた。

——残念だ。わたしにはもう、君たちを強制《きょうせい》するだけの力はない。だけれども、忘《わす》れることなかれ。真実を知った今、今までと同じように生きていけるとは思わぬように。賢《かしこ》いこどもたちよ。私《わたし》の告白《こくはく》は君たちにとっては呪《のろ》いとなるだろう。いつか君たちが老いたある日、無邪気《むじゃき》にわらう幼《おさな》い子どもの姿《すがた》を見て、安らかでいられるだろうか。自分たちはその手を汚《よご》さなかったと、誇《ほこ》ることができるだろうか。

カトリは立ちどまると、イードリンをにらみつけ、口を開こうとしたが、結局なにも言わずに踵《きびす》を返した。

「だいじょうぶ、行くよ」

リズがカトリの背中《せなか》を軽くたたいて言った。カトリは驚《おどろ》いてリズの顔を見、うなずいて、イードリン・メイクルの家の扉《とびら》を出た。

「正直なことを言っていい?」

イードリン・メイクルの家を出たカトリは言った。

「さっき、イードリン・メイクルがわたしたちに、自分がやっていたことを引きつぐように言ったとき、わたし、ちょっと心配したんだ。君がその申し出を受けるんじゃないかってね。

そして、バージェス男爵《だんしゃく》やウィーグラフみたいになってしまうんじゃないかって思って、怖《こわ》かった」

「もし受けていたら、あなたはどうしていた？」

リズはこともなげに言う。

「わからないな。反対するのはたしかだけど。それで君が意見を変えるとは思っていなかったかも」

カトリは正直に答えた。

「少なくとも、私《わたし》はあの人の意見には賛成《さんせい》しないし、彼《かれ》の手先にならない。私はバージェス男《だん》爵《しゃく》やウィーグラフになることはない。それだけはたしかよ」

「それを聞いて安心したよ」

カトリは心からそう言った。ああよかった。もうだいじょうぶだ。あとは、このわけのわからない世界の出口を見つけるだけだ。それだって難《むずか》しいことにはちがいないが、カトリとリズのふたりであれば、きっとなんとか切りぬけられるだろう。

「それより、どうやって出口を見つけるつもり？」

リズは言った。イードリンの家の目の前の海は、大穴《おおあな》の外から流れこむ海水によって滝《たき》つぼのようになっている。

「この水はどこかに逃《に》げているはずだ。そうでなけりゃ、この大穴は水浸《みずびた》しになってしまうはずだから。ちょっと海岸まで行ってみよう」

カトリはそう言った。

ふたりは突堤《とってい》の先端《せんたん》まで歩いた。水底《みなそこ》は暗く、深く、冷たく見える。

「さて、どうしよう。飛びこんでみるか？」

カトリは水をのぞきこみながら言った。

「私《わたし》は嫌《いや》だからね。泳げないし。濡《ぬ》れるの嫌《きら》いだし」

リズは顔をしかめる。

「わたしだって泳げないけど、ここしか出口はないからなあ」

カトリはそう言ってあたりを見まわした。突堤《とってい》の先端《せんたん》に埋《う》めこまれた杭《くい》に、係留用《けいりゅうよう》のロープが巻《ま》きつけられている。カトリはそれを解《ほど》いて海に投げ入れた。それからジャケットを脱《ぬ》ぐと、そろそろとロープをつたって足元から海に入った。

「ううっ、冷たい」

カトリはうめきながら肩《かた》まで水につかった。肌《はだ》の感覚がなくなるくらい寒いだけで、なにも起こらない。

「あがってきなよ。絶対《ぜったい》それ、帰る方法じゃないよ」

突堤にしゃがみこんで、カトリを見下ろすリズが呆《あき》れたような口調で言う。

カトリはあきらめてロープをよじのぼり、震《ふる》えながらジャケットを羽織《はお》った。

「さ、寒い。リズ、ここ一年以上もこの場所に来ることを企《たくら》んでいたんだろう。この手の幻《まぼろし》から出る方法について、なにか考えがあるんじゃないの？」

ずぶ濡《ぬ》れのカトリはスカートのすそをしぼりながら、リズにたずねた。

「言いかたが悪いね。研究と呼《よ》んでくれる？」

リズは言いかえし、考えこんで、ふたたび口を開いた。

「しかし、そうね。ちょっとまわりを見てみましょうか。ぬけ道や、秘密《ひみつ》の扉《とびら》みたいなものがないものか。イードリン・メイクルも特に私《わたし》たちをどうこうする力はないみたいだし」

「おとなしく閉《と》じこめられているあいだはね。あきらめてイードリン・メイクルのもとにもどるのはいつでもできる。もうすこし、あがいてみよう」

カトリは濡れた髪《かみ》をかきあげて縛《しば》りなおしながら付けくわえた。

その瞬間《しゅんかん》だった。なにか大きなものが空気を裂《さ》くような音がした。ふりかえると、この穴《あな》を下りてくるとき見た、あの怪物《かいぶつ》、イードリン・メイクルが星獣《せいじゅう》と呼んでいる存在《そんざい》が空を漂《ただよ》っていた。

「イードリンの母だ」

カトリがそう言ったとき、空を優雅《ゆうが》に泳ぐ星獣の側面に走る切れ目から、星空を溶《と》かして固めたような瞳《ひとみ》がのぞいた。カトリとその瞳の視線《しせん》が交差した。その瞬間《しゅんかん》、カトリは目の前が暗くなった。


カトリは寒風吹《ふ》きすさぶ荒野《こうや》に立ちつくしていた。この場所は知っている。カトリが生まれ、エディンバラに養子に出される前に暮《く》らしていた、ハイランドの小さな集落だ。

ここはいやだ、ここにはいたくない。カトリはそう思った。しかし、こんなにひらけているのに、どこにも行くことができない。どんなに歩いても、飢《う》えと、枯《か》れ草《くさ》と、空疎《くうそ》さを運んでくる風しかないのだ。カトリはおそろしさのあまり座《すわ》りこんだ。長い長い時間がたった。

「カトリ、ちょっと、急に固まって、どうしたの？」

リズにゆさぶられて、カトリは我《われ》に返った。今の幻影《げんえい》は、カトリが忘《わす》れたと思っていた、昔の不快《ふかい》な思い出を凝縮《ぎょうしゅく》したような悪夢《あくむ》だった。

「あの怪物《かいぶつ》と目を合わせちゃだめだ」

カトリはさけび、走りだした。また、あの怪物がこちらに向かって飛んでくる。

「早く！　あの家に隠《かく》れよう」

カトリは目の前に家を見つけ、リズに向かってさけんだ。カトリは壊《こわ》れた窓《まど》から家に飛びこみ、もたもたと乗りこえようとしているリズの襟首《えりくび》をつかんで家の中に引きずりこんだ。

窓の外を見ると、イードリン・メイクルの母が亡霊《ぼうれい》のように飛びさるところだった。

「危《あぶ》なかった。起こしてくれてありがとう」

カトリはひとつ息をつき、さっきの幻覚《げんかく》を忘《わす》れようと頭をふった。リズは心配そうにカトリを見ていた。

自分を落ちつけたカトリはまわりを見渡《みわた》した。ふたりが逃《に》げこんだ家は小さな民家で、テーブルと寝台《しんだい》があるだけの、質素《しっそ》な内装《ないそう》だった。

「これ、なんだろう」

すこし離《はな》れたところにいるリズが、床《ゆか》からなにかをつまみあげて月光に照らした。透明《とうめい》の玉。一面に筋《すじ》のような模様《もよう》と、丸い模様がひとつだけ描《えが》かれている。

「ガラス玉みたいだね。そういえばそれと同じものをここに来る途中《とちゅう》、道で見つけたよ」

カトリはジャケットのポケットからガラス玉を取りだした。リズが今見つけたものとほとんど同じだが、表面に入っている丸い模様の色が異《こと》なる。

「そういうのは、早めに言ってほしいのだけど」

「このガラス玉がなんだっていうんだよ」

カトリが反論《はんろん》する。

「私《わたし》の知るかぎり、現実《げんじつ》のマッセルバラの町にガラス玉なんて転がっていなかったでしょう。だとしたら、今ここにそんなものがあるのには、なんらかの意味があるはず」

リズは、さもあたりまえのことを指摘《してき》するような口調で言った。

「意味って？」

「イードリン・メイクルの話を聞いた？　彼《かれ》が星獣《せいじゅう》と呼《よ》んでいた怪物《かいぶつ》たちは人の脳《のう》を使ってその力を発揮《はっき》するの。バージェスが残した資料《しりょう》にもそのことが予想されていた。あなた、さっきあの星獣と目が合ったときふしぎな幻《まぼろし》を見せられたんでしょう」

「ああ、わたしの最悪の思い出を掘《ほ》りだしてきた。ひどい気分だよ」

カトリの言葉にリズはかすかに心配そうな表情《ひょうじょう》を見せたが、言葉をつづけた。

「考えなくてはならないことは、これはだれの脳《のう》を使って作りあげられた世界なのか、ということ」

「わたしや君じゃないの？　この世界に取りこまれているんだし」

「しっかりしてよ。イードリン・メイクルは二百年前からずっとここを根城にしていたのよ。私《わたし》たちが来るずっと前からこの領域《りょういき》はあったはずでしょう」

あ、そうか、と言ってカトリは考えた。この「夜の底」がだれかの脳によって作りだされた幻《まぼろし》の場所なのだとしたら、そのだれかというのは、イードリン・メイクルとなにかしらの関係がある人なのだろう。そこまで考えて、カトリはあることを思いだし、ノートを開いた。

「思いだすのは、手記のこの部分だな。『**村人は夜、眠《ねむ》っているあいだ、彼《かれ》に瞳《ひとみ》をあたえる**』そして『**この町の住民は今でも、イードリンが住む世界を夜の夢《ゆめ》に見ることがあるという**』」

「ええ。そこはなにか重要なことを語っているはず」

リズはそう言った。カトリはあることを思いだした。

「そういえばさ、ミラー牧師《ぼくし》も、マッセルバラに来てからふしぎな夢を見ると言っていた。覚えている？」

リズもうなずいた。

「たしかに、そう言っていた。真っ暗なマッセルバラ、空には光の輪があって、その中には星空が見える……」

ふたりは空を見上げた。すり鉢状《ばちじょう》の大穴《おおあな》の上層《じょうそう》に見える町のあかりがリングのような形になっている。ミラーが見たという夢《ゆめ》の光景にぴったりだった。

「マッセルバラの住民はこの場所を夢見ている、ということ？」

「それだけではなく、夢に見られることが、この世界が成立するのに、欠くべからざるもの、ということだと思うわ」

「そういえば、イードリンも言っていたな。マッセルバラの住民が彼《かれ》に瞳《ひとみ》をあたえることで、この夜の底は存在《そんざい》する、とかなんとか」

カトリの言葉に、リズはうなずいた。

「そう考えると、このガラス玉がなんなのか、推測《すいそく》できるわね。きっとこのガラス玉が、イードリン・メイクルが契約《けいやく》で手に入れた、マッセルバラの住民の瞳。そして住民がこのガラス玉を通してここを夢に見ることによって、この『夜の底』は存在しているのよ」

リズは薄《うす》い手のひらの上でガラス玉を転がしながら言った。

カトリはさっき見つけたガラス玉をつまんで月の光にかざしてみた。そういえば、さっきこのガラス玉を見つけたとき、正体不明の視線《しせん》のようなものを感じたのだった。それは今この場所を夢《ゆめ》見ている住民のものだったのかもしれない。

「だとしたら、ここから出るためにやることはひとつしかないな」

カトリはニヤリと笑って、手に持ったガラス玉を壁《かべ》に投げつけた。ガラス玉はいびつな石積みの壁にぶつかって、かしゃんと音を立て粉々《こなごな》に砕《くだ》けちった。

「はは、思い切りがよくなってきたじゃない」

リズが声を立てて笑った。

「さて、どうなるかな」

カトリはそう言って壁を背《せ》にして、窓《まど》の外の様子をうかがった。

変化はすぐにあらわれた。はじめに小さな振動《しんどう》があり、それから、星空の一部が、まるで壁紙がはぎとられるかのようにくずれ、その破片《はへん》がバラバラになって落ちてきた。しばらくして、大きな衝撃音《しょうげきおん》が走り、繊細《せんさい》なガラスが壊《こわ》れるような、しゃらしゃらという音がひびいた。くずれた空の向こう

には夜空よりも黒い暗黒が広がっている。

ふたりはあっけに取られていたが、リズはすぐに自分を取りもどしたようだった。

「どうやら正解《せいかい》だったみたいね」

リズは自分が持っているガラス玉を地面に落とし、ヒビが入ったところを踏《ふ》みつけた。

外でふたたび、空がくずれる音がした。

「よし、決まりだ。この町にあるガラス玉を探《さが》しまわって、片《かた》っ端《ぱし》から割《わ》っていこう。マッセルバラの住民全員分を探すのは難《むずか》しくても、なにか効果《こうか》はあるはずだ」

リズはうなずいた。


ふたりはランプの光をたよりに、マッセルバラの町中をガラス玉を探《さが》してかけまわった。暗がりで、物を探すのには苦労をしたが、ガラス玉は至《いた》るところで見つかった。民家の床《ゆか》、ベッドの上、道脇《みちわき》の側溝《そっこう》の中。

ふたりは見つけるたびにそれを壁《かべ》に投げつけたり、踏《ふ》み砕《くだ》いたりして破壊《はかい》していった。ガラス玉が砕けるたびに、夜の底の夜空が次々とはがれて崩壊《ほうかい》していった。

カトリはなぜだかおかしくなり、いつのまにか声をあげて笑っていた。リズも楽しそうに笑っている。かしゃん、かしゃん、ガラス玉が割《わ》れる音が静かな夜の底にひびき、夜空がすこしずつはがれおちていった。

何十個目《こめ》、あるいは、何百個目かのガラス玉をカトリが地面に投げつけたときだった。ぴしり、と今までとはちがう音がした。カトリがなにかを言う前に、地面と空に大きなヒビが走り、足元がくずれた。

驚《おどろ》きの悲鳴をあげ、なにも見えない虚空《こくう》に投げだされながら、カトリはリズを見た。リズも同じように落ちていた。リズもカトリに目を合わせ、これでいい、とつぶやいたように見えた。カトリは、マッセルバラの町とくずれた空と、滝《たき》のように流れこむ海水といっしょにどことも知らぬ場所に落ちていった。

カトリはいつのまにか、真っ暗な空間に立っていた。すこし離《はな》れたところに、大きな水たまりのようなものが見える。そこから、水とも煙《けむり》ともつかないものがかすかにわきあがっており、ゆっくりと渦《うず》を巻《ま》いていた。

気づくとそばにリズがたたずんでいる。

「ここが出口か。どうなることかと思ったよ」

カトリはそう言って、さあ帰ろう、とリズに言葉をかけた。

「まだ私《わたし》にはやることがある」

そう言うとリズはまわりを見渡《みわた》した。

リズの視線《しせん》の先に大きな影《かげ》があった。イードリン・メイクルの母の星獣《せいじゅう》だった。カトリの目にもあきらかなほど弱り、ぐったりと横たわっている。

「私の仕事はここからね」

カトリがなにも言えないでいるうちに、リズは星獣に歩みよった。

リズはカバンから赤い本を取りだした。鱗《うろこ》のあるゆがんだ革《かわ》の装丁《そうてい》。カトリはその本を知っている。去年失われたはずのバージェス男爵《だんしゃく》の年代記だ。

カトリはリズに別れを告《つ》げる

リズは、力なく横たわるイードリン・メイクルの母に歩みより、赤い本を開き、ページをめくった。それから携帯万年筆《けいたいまんねんひつ》を取りだしてそこになにかを書きこみ、イードリン・メイクルの母に手をあてた。

星獣《せいじゅう》の体の側面にある切れ目が開き、先ほどカトリに幻覚《げんかく》を見せた、複数《ふくすう》の瞳《ひとみ》を持つ眼《め》があらわになった。リズの背丈《せたけ》よりも遥《はる》かに大きいその眼球《がんきゅう》がぐるりと回転して、彼女《かのじょ》を見据《みす》えた。

「リズ、その目を見たらだめだ」

カトリは、思わずリズに警告《けいこく》を発した。リズはカトリの声に反応《はんのう》しなかった。

「私《わたし》が新しい海をあたえます。そこで傷《きず》を癒《い》やし、私を助けなさい」

リズはそう言った。すると、リズの手元、年代記の上の空間が渦《うず》を巻《ま》くようにねじれた。それは徐々《じょじょ》に大きくなり、イードリンの母をのみこんだ。

イードリン・メイクルの母はその空間と同じようによじれながら、うめくような声を漏《も》らした。それは大勢《おおぜい》の子どもたちが、外国語でささやいているような音だった。

巨大《きょだい》な星獣《せいじゅう》は年代記の中に吸《す》いこまれてゆき、ついに消失した。それと同時にリズが持つ年代記の表紙の色が、黒ずんだ紫色《むらさきいろ》に変化した。

「リズ、君は、いったい……」

カトリはやっとそれだけ言った。リズはふりかえると、人差し指を口にあてた。

「カトリ、もうすこし待って。もうひとり」

リズが見つめる方向に視線《しせん》を向けると、もうひとつ、小さな影《かげ》が見える。安楽椅子《あんらくいす》に座《すわ》ったイードリン・メイクルだった。

——きみは、いったいなにをしたんだ。私《わたし》の母に。それは私がジョージ・バージェスに渡《わた》した、ディア・カダルの革《かわ》で作られた本だ。

二百年も生きている半神半人《はんしんはんじん》ですら、リズの行為《こうい》に戸惑《とまど》っているという事実が、カトリをより恐怖《きょうふ》させた。

「あなたがバージェス男爵《だんしゃく》に渡した年代記は、私が書きかえた。私は自分の王国を創《つく》るのではなく、力を貯《た》める海を創《つく》った。あまり複雑《ふくざつ》なことはできないけれど、私《わたし》の頭の使用権《しようけん》を半分あたえている。おかげで一日の半分は眠《ねむ》らないといけないけれど」

――力を貯める海？　どうして、いや、まさか……。

「そう、まだなにもない海。星獣《せいじゅう》の力を溶《と》かして、その海で泳がせることができる」

――なぜだ、星獣を集めるためか？　しかし、君は私の申し出を受けないのではなかったのか。

「あなたのあとを継《つ》いで、バージェス男爵《だんしゃく》やウィーグラフのように、この世界の星獣を一柱《ひとはしら》ずつ育て、それに仕えることは、私はやらない。異《こと》なる存在《そんざい》や意思がいくつあっても、それはなにも生みださないから。そのかわり、私がすべてを集めましょう。星獣の力を、私の海に集めて、それを私が管理する。多数の力で牽制《けんせい》しあうのではなく、ダナンの星獣に対抗《たいこう》できる極をもうひとつ創りだすの。そうすればあなたの目的は叶《かな》えられる。でも、その力の一方は私のものにさせてもらう」

それで、とリズは言葉をつづけた。

「あなたはどうするの？　もしあなたのお母さまと同じ場所に行きたいと言うのなら、私が許《ゆる》します」

リズは静かにそう言った。しばらくの沈黙《ちんもく》ののち、イードリンは声を発した。

——夜の底に招《まね》く者をまちがえたようだ。私《わたし》の計画に取りこむつもりが、反対に取りこまれることになるとは。しかし、私の二百年にもわたる生涯《しょうがい》も無駄《むだ》ではなかったか……。

イードリン・メイクルの声は震《ふる》えていた。それはおそれよりも歓喜《かんき》からくるもののように、カトリには聞こえた。

——では、そうさせてもらう。あなたの海に、母のもとに、わたしの魂《たましい》をおくっておくれ。

リズはふたたび、なにかを年代記に書きこみ、イードリンの手に触《ふ》れた。リズの細く青白い指が、枯《か》れた植物の蔓《つる》のような手を握《にぎ》った。

ふたたび、ふしぎな渦《うず》が起こり、イードリン・メイクルはその渦にのみこまれていく。イードリンの声がカトリの頭にひびいた。

——私は人を愛していたんだよ。それだけは、どうか、わかって、ほしい。

最後に長い銀色の髪《かみ》がひるがえり、もう年代記ではないリズの魔導書《まどうしょ》に吸《す》いこまれていった。

さて、と言って、リズはカトリのほうに向きなおり、真正面から目線を合わせた。カトリは、リズが最後にこうしてカトリの目をまっすぐに見たのはずいぶん昔のことのように感じた。

「カトリ、あなたにお礼を言わせて。ありがとう。あなたがいなければ、いいえ、二年前、ドクターの診療所《しんりょうじょ》の建物の前であなたに出会えていなかったら、私《わたし》はここにたどりつくことはできなかった」

「リズ、なに言っているんだ。帰ろう、エディンバラに。さっき君もそう言ったじゃないか。バージェス男爵《だんしゃく》やウィーグラフのようにはならないって」

リズは首を横にふった。

「彼《かれ》らのようにはならない。だけれど、カトリ、私はあそこにはもどらない。カトリ、あなたはひとりで帰って」

リズの口調は静かだった。黒く、すこし外斜視《がいしゃし》の入った目が、カトリを真正面から見つめていた。その表情《ひょうじょう》は寂《さび》しさと同時に確信《かくしん》に満ちており、一切《いっさい》の迷《まよ》いも感じられなかった。

「君は、ずっと、計画を立てていたのか？　ここに来て、イードリン・メイクルを取りこむための？」

リズはかすかに笑った。

「まさか。すべてを予想できるわけないでしょう。でも、そうね。ネブラの年代記の使いかた

はこの一年あまり研究してきたし、バージェス男爵《だんしゃく》の資料《しりょう》から、星獣《せいじゅう》はまだほかにもいること
は予想ができていた。でも、その起源《きげん》や星獣がいる世界の成り立ちがわからなかった。だから
ここにたどりついて、イードリンに会う必要があった。彼《かれ》がすべてを仕組んでいたと思ってい
たけれど、実際《じっさい》には彼も大きな力に翻弄《ほんろう》されているにすぎなかったのね」
リズは淡々《たんたん》とつづける。
「それでも、彼の話は、私《わたし》の疑問《ぎもん》に答えてくれた。そしてなにより私に目標と大義《たいぎ》をあたえて
くれた。どれだけ自由になったところで、人には仕事が必要だから。私は現実《げんじつ》を変えるために
この力を使うわ。そして、力が及《およ》ぶのなら、イードリン・メイクルの最後の願いについても。
いずれにしろ、あのダナンの星獣とやらは私のじゃまになりそうだし」
リズはそう言いながら凍《こお》りつくカトリの脇《わき》を通りすぎ、背中《せなか》を向けて言葉をつづけた。
「私は、星獣の力を自分のものにしたいの。星獣に仕えるのではなく、幻《まぼろし》の世界で自分を慰《なぐさ》
めるのでもなく。よるべのない人の居場所《いばしょ》を、現実に作りだすために」
「よるべのないって、君には居場所があるじゃないか。そりゃ気に入らないこともあると思う
けれど。それだって世の中のほとんどの人よりもましなはずだ。それなのにあんな怪物《かいぶつ》にそそ
のかされるなんて、どうかしている。落ちついて親御《おやご》さんと話せば、きっと……」

必死に説得《せっとく》しながら、カトリは自分の口から出る言葉をひどく空虚《くうきょ》に感じていた。今さらそんなことを言って、なにになるのだろう。

「この期《ご》に及《およ》んで、私《わたし》を失望させるようなことを言わないで、カトリ。自分がまわりの世界をどう感じているか、人に決めつけられる筋合《すじあ》いはない。さっき言ったでしょう。私は自分の世界に所属《しょぞく》していないと、ずっと感じてきたの。この不快《ふかい》な気持ちを抱《かか》えたままこれからの人生を生きるなんて、まっぴら」

「君の企《たくら》みはうまくいかない。やめるんだ」

リズは表情《ひょうじょう》をゆがめた。

「企み？　あなたは、私が好きに生きようとすることを企みと呼《よ》ぶの？　あなたが博物館で働いたり、なんとかっていうロンドンの学校に行くこととどうちがうの？　うまくいかないって？　あなたがやろうとしていることがうまくいかないと私が言ったらどう感じるのか、考える想像力《そうぞうりょく》はある？」

「それは……それはちがうよ。星獣《せいじゅう》と呼ばれる奴《やつ》らは、邪悪《じゃあく》な者だ。わたしたちはこれまであいつらが引きおこしたものと戦ってきた。『眠《ねむ》り病《びょう》事件《じけん》』のあの怪物《かいぶつ》を殺《ころ》したのは君じゃないか」

カトリはそう言いながら、なにかリズを説得《せっとく》できる材料がないか、考えつづけていた。しかし、リズは毅然《きぜん》と、微動《びどう》だにしない。きっと彼女《かのじょ》はすでに、カトリに真実をつたえて、対決するときのために準備《じゅんび》をしていたのだと、カトリは感じた。

「戦っていたわけではないでしょう。私《わたし》たちはべつに怪物狩《かいぶつが》りをしていたわけではないわ。ただ、自分が望むものを手に入れようとしていただけ。もしあのふしぎな力を、自分ためにに使えるのであれば、私はそれを躊躇《ちゅうちょ》することはない。イードリンの話は私にとって動機ではなく正《せい》当性《とうせい》をあたえたにすぎないわ」

「だまされるなよ、目を覚ませ。あの男の試みが成功していたら、君のお父さんとジョシュは眠《ねむ》り病《びょう》のまま治らなかったはず。わたしだって霧《きり》の国《くに》から帰ってくることはできなかったかもしれない」

カトリは言った。

「忘《わす》れているようだけど、私は父を助けるために眠り病を調べていたわけじゃない。ロンドンにもどりたくないから父を正気にもどそうとしていただけ。私ははじめから、自分が好きに生きるために行動している」

リズはよどみなく答える。

「そういえば、あなたは最初から他人のために動いていたよね。そう考えると、はじめから、私《わたし》たちのあいだには、埋《う》めがたい溝《みぞ》があった。それが今になって見えるようになっただけ」

リズは思いだしたように付けくわえた。

「じゃあ、年代記の事件《じけん》でわたしが消えたときはどうなんだ。あのときも自分のためだってのか」

「そういうことをあけすけに聞けるのがあんたのいいところだよね。皮肉じゃなく」

リズはニヤリと笑って言った。

「善人《ぜんにん》ぶるつもりはない。私は、自分がしたいようにすることが世界のなによりも重要なの。それでなけりゃあ、この世に生まれた甲斐《かい》がないじゃない」

「そうしろよ。それがなぜ、あの化け物と同じ道をたどることになるんだ」

「村で不自由に生きるか、人狼《じんろう》になって森をさまようか、あなたなら、どうする？」

リズが質問《しつもん》を投げかけてくる。

「どっちも嫌《いや》だよ」

カトリは途方《とほう》に暮《く》れて答える。

「あなたならそう言うでしょうね。あなたは村でも自由に生きることができるものを持っているから」

リズは年代記に目を落とし、パラパラとめくりながら話をつづけた。

「霧《きり》の国事件《くにじけん》のあと、私《わたし》はあの事件を引きおこした力について考えたの。あなたが、過去《かこ》の事件から毎回教訓を得《え》て、自分の人生を進めているあいだに。私はなんとかしてあの力を使って、くだらないものを全部置き去りにして、生きてゆく方法はないかって。気分を悪くさせて、悪かったね。でも私は理解《りかい》されないことを自分から話すほど、ばかでもナイーブでもないの」

リズの言葉に、カトリはなにかを言おうとした。しかし、言葉が出てくる前に、頭が先にリズの言葉を理解していた。ここがふたりの冒険《ぼうけん》の終着点、すべての底なのだ。カトリとリズは、はじめて会ったときからずっと、この場所に向かって歩きつづけてきた。今さらもう、なにかを変えることはできない。そんな予感がずっとしていたのだった。

「この前、私があなたを家に招《まね》いたでしょう。ふしぎに思わなかった？　今までそんなこと一度もしなかったのに、って？」

「さあ、自分の場所に招いて、話の主導権《しゅどうけん》を握《にぎ》ろうとしているのかと思った」

「いいえ、あれは私なりの礼儀《れいぎ》よ。表面的な意味じゃなくってね。私がどこから出ようとしているのかを見せてあげたかった。こりかたまって、不自由で、つまらない道徳が私を縛《しば》りつけるために使われるところ」

「君は、憎《にく》んでいる場所を捨《す》てて、いったい、どこに行こうというんだ」

沈黙《ちんもく》ののち、リズは口を開いた。

「わからない。でもこれが私《わたし》の進む道、あなたにはけっして歩むことができない道」

「やめろよ。気の迷《まよ》いだ。こんな選択《せんたく》、まちがっている」

カトリは絶望的《ぜつぼうてき》な気分で絞《しぼ》りだすように言った。それに対してリズは、宥《なだ》めるような優《やさ》しい口調で言葉をつづけた。

「カトリ、あなたはそのまま進むといいよ。王道を行きなさい。皆《みな》の助けを借りて、力のある人たちに見いだされて、時代をも味方につけて、あなたは、せまく、不自由な場所からどんどん遠くに、高く飛んでゆくでしょう」

だけれど、とリズは口を切った。

「私はちがう。祝福されて自由になるあなたと反対に、私は呪《のろ》われることによって自由になるの。あなたと私はまったくちがうようで似通《にかよ》っていて、それでも根本的な部分でちがう」

カトリはうつむき、腰《こし》に手をあてて、大きく息を吐《は》いた。どうすればいいのだろう。なにを言っても裏目《うらめ》に出る。彼女《かのじょ》をこの場で説得《せっとく》することは、もう不可能《ふかのう》に思えた。この夜の底に下りる前、たとえ決別で終わろうとも、そこまではリズについてゆくと決めた。しかし、その覚《かく》悟《ご》が薄《うす》れるほどに、このような別れは、カトリにとってあまりにもやるせなく、耐《た》えられないものだった。

「さようなら。あなたとエディンバラでともに過《す》ごした日々は、楽しかったよ」

リズはそう言って別れを告《つ》げた。

これが、終わりなのだろうか。カトリは自分の胸《むね》に聞いた。今わかれ道に立っているとして、その先は？

カトリは拳《こぶし》を握《にぎ》りしめた。そうだ。ふたりの道がふたたび交わることがないと、だれが決めたのだろう。リズは自分の決断《けつだん》をした。であれば、カトリもそれができるはずだ。

「いや、最後じゃない」

カトリはそう言った。そうだ。終わりははじまりなのだ。真夜中は次の日のはじまりだ。うつむいていたカトリは顔をあげた。

「いいか？　わたしの言葉を覚えときな。今は同じように歩めないとしても、いつか必ず再会《さいかい》する」

カトリの挑発的《ちょうはつてき》な言葉に、リズはかすかに驚《おどろ》いたような表情《ひょうじょう》を浮《う》かべた。

「私《わたし》はそんなに確信《かくしん》は持てないけれど、でも自信があるのね」

リズはたしかめるような調子で言った。

「自信じゃない。覚悟《かくご》だ。今はここがすべての結末に見えるかもしれない。だけれどこれからについてはわからないだろう。リズ、君が言ったように、わたしはこのまま進むよ。そして大人になって、力をつけたら、そのときにまた君と会うだろう」

カトリはそう言ってリズに手を差しだした。

リズはうなずき、かすかにほおをゆるめると、その手を力強く握《にぎ》りかえした。

「カトリ、これあげる」

リズは自分のカバンからなにかを取りだした。エディンバラの橋の上で見せた、懐中時計《かいちゅうどけい》だった。

「私にはしばらく必要のないものだから。あなたが使って」

リズは銀のチェーンのついた懐中時計をカトリに差しだした。

「まあ、使わないっていうなら、しばらく預《あず》かっておこうかな」

カトリはほほえんで、時計を受けとり、ジャケットの胸《むね》ポケットに入れた。

「さあ、帰るか」

カトリは、踵《きびす》を返して足元に広がる虚空《こくう》を見下ろした。あまりにも暗い穴《あな》は、ふしぎと高さを感じなかった。

足を踏《ふ》みだす直前、カトリはリズをふりかえった。ふたりの目線が交差した。

カトリは意を決して眼下《がんか》に広がる虚空に飛びこんだ。カトリはゆっくりと落ちていった。穴の入り口が徐々《じょじょ》に小さくなってゆく。リズが見えなくなる瞬間《しゅんかん》、リズが穴をのぞきこむのが見えた。瞬《まばた》きをすると、カトリは完全な闇《やみ》にのみこまれ、なにも見えなくなった。


カトリは虚空を落ちていった。この感覚は何度か味わったことがある。眠《ねむ》りに落ちるときの落下する感覚。飛びおきれば現実《げんじつ》だが、そのまま落ちて眠りの国に行くこともできる。カトリはそのまま落下しつづけることに決めた。


どれくらい時間がたったのだろう。急に息苦しくなり、カトリは息を吸《す》おうとした。その瞬間、口いっぱいに強烈《きょうれつ》な塩味の水が流れこみ、たまらずカトリは跳《は》ねおきた。

どうやら、どこか海岸の浅瀬《あさせ》のようだ。頭上には星空が広がっている。夜の底で見た、宝石《ほうせき》のように光りかがやくものではなく、小さな星々が瞬《またた》く、いつもの星空だった。

カトリがむせながら塩水を吐《は》きだし、荒《あら》い息を吐きながら陸のほうを見ると、家々の窓《まど》にあかりがついている。遠くに見える時計塔《とけいとう》はトルブースのものだ。ここはマッセルバラの海辺だ。

「くそっ、しょっぱいな」

カトリは悪態《あくたい》をつきながら息を落ちつけた。低い波が打ちよせ、すでにずぶ濡《ぬ》れのカトリの服を洗《あら》った。

カトリはしばらく足を放りだして浅瀬《あさせ》に座《すわ》っていた。

カトリは帰ってきた。そして、リズは行ってしまった。カトリは浅瀬に体を浸《ひた》しながら、いまや弱々しく見える星空をにらみつけていた。

カトリはエディンバラから旅立つ

半年後

ロンドンへ向かう汽車はウェイヴァリー駅の三番プラットフォームから出発する。

カトリは駅で見送りの人々とあいさつを交《か》わしていた。新しいジャケットとブーツ、そして帽子《ぼうし》を身につけている。ずっと着ていた服やジャケットはどんなに直しても体に合わなくなったので、すべて新しいものをあつらえた。

「忘《わす》れ物《もの》はないだろうね。あとでなにか出てきても送ってやらないからね」

エリーがこれで何度目かわからないほどくりかえした注意を、神経質《しんけいしつ》な口調で言う。

「だいじょうぶさ。なんか忘《わす》れたとしても、ロンドンで買えるよ。無人島に行くわけじゃないんだから」

「そんなことを言っているんじゃあ心配だよ。小銭一枚《こぜにいちまい》、雑《ざつ》にあつかってはならないってことを忘れるんじゃないよ。あんたは商家の娘《むすめ》なんだから。いくら人が出してくれると言ったって、借りはすくないほうがいいんだ。ロンドンで遊びほうけてるなんて話を聞いたら、ただじゃおかないからね」

「はいはい、自分がどこから来たかはわかっているって」

カトリは答えた。

「カトリ、立派《りっぱ》ないでたちだな」

ジョシュがうれしそうに言う。

「そのトランクは、俺《おれ》が若《わか》いころに使ってたやつだ。だれよりも、旅を知っている。お守りがわりだ」

「ジョシュ、ありがとう。このトランク、大事にするよ」

カトリはかたわらの大きな革張《かわば》りのトランクを片手《かたて》で持ちあげてみせた。

「カトリ、じゃあな。たまには帰ってこいよ。あと、これ、汽車で食え。ロンドンにつくの、夜なんだろう」

ジェイクは大きな紙袋《かみぶくろ》を差しだした。中にはスコーンやらお菓子《かし》やら、『ケラッハズ・ハット』の食堂《しょくどう》の軽食がこれでもかと詰《つ》めこまれている。

「これはありがたいね。ジェイク、ありがとう。お母さんや兄貴《あにき》たちによろしく」

「つたえとくよ。みんな来たがってたんだけど、ほら、グラスゴーにうちの支店《してん》が開くのが来週だから、忙《いそが》しくてさ」

ジェイクが言う。『ケラッハズ・ハット』のスコーン人気の勢《いきお》いは止まらず、ジェイクの長《ちょう》兄《けい》のローズが、となり街のグラスゴーにスコーンと紅茶《こうちゃ》を出すだけの小さな店を出店する予定ということだった。

「ロンドン店を楽しみにしておくよ」

「冗談《じょうだん》のつもりで言ってるだろうけど、その日が来るのもそう遠くないぜ。そうすれば店長は俺《おれ》だからな」

ジェイクはニヤリと笑って言った。カトリは待ちきれないね、と言って抱擁《ほうよう》を交《か》わした。

「向こうに行ったら、下宿先の人にはきちんとあいさつをすること。相手がわからないようなスコットランド訛《なま》りはあまり出しすぎないように。あとは汽車の中でおかしな人間にからまれないんだよ」

エリーの心配は止まらない。

「エリー、だいじょうぶだよ。館長が餞別《せんべつ》だって言って一等車を手配してくれたし、下宿の家主さんには事前に手紙も出しているんだから」

カトリはエリーを宥《なだ》める。

館長とスペンサー、そのほかの博物館の同僚《どうりょう》たちには、最後の出勤日《しゅっきんび》にあいさつをすませてきた。


「二年半か。大人にとっては一瞬《いっしゅん》だが、君の歳《とし》の人間にとっては人生をも変えうる時間だっただろう。実際《じっさい》、裏口《うらぐち》から博物館に忍《しの》びこんできたときと今では、君はまるで別人に見える。フランソワ・バス校長にはくれぐれもよろしくつたえておいてくれ」

博物館の館長室で、ハミルトンは感慨深《かんがいぶか》げに言った。

「はい。館長。エディンバラ博物館《はくぶつかん》で働かせてくれてありがとうございました。本当にたくさん学べました」

「はは、大袈裟《おおげさ》にかまえんでもいい。私《わたし》は一年のうち四分の一はロンドンにおるから、時間ができたら連絡《れんらく》をする。君がどれほどがんばっているか見るのを楽しみにしている」

ハミルトンは芝居《しばい》がかったしぐさで葉巻《はまき》を吸《す》いながらカトリに笑いかけた。

スペンサーはというと、複雑《ふくざつ》な気持ちを隠《かく》せないでいるようだった。

「君がそっちに進みたいというのはわかるけどね。まあ、さんざん報《むく》われない苦労をしてきた身からすると……」

スペンサーはそこまで言いかけて、小さくかぶりをふり、自分の言葉をさえぎった。

「いや、いい大人がそんなことを言うのは無粋《ぶすい》だな。時代は変わってるんだし。あんたも根性《こんじょう》があるし、なんとかなるだろ。北のほうから応援《おうえん》してるよ。ただ、嫌《いや》になったときは、手紙を寄《よ》こしなさい。いつでも相談にのるよ」

「本当は、リズもここにいるべきだったんだけどな」

ジェイクがポツリとこぼし、しまったというような顔をした。

「悪い、カトリ、つい」

「へんな気を遣《つか》うなよ、ジェイク。リズのことはもう、整理がついてる。わたしはやることをやるしかないんだ」

カトリはそう言った。リズの失踪《しっそう》については、カトリはだれにも真実を話してはいなかった。警察《けいさつ》はいまだに彼女《かのじょ》の行方《ゆくえ》を捜《さが》しており、カトリも事情《じじょう》を聞かれたが、知《し》らぬ存《ぞん》ぜぬをつらぬいた。罪《つみ》の意識《いしき》がないわけではなかった。しかし、リズは決断《けつだん》をしたのだ。たとえそれが、カトリには理解《りかい》も共感もできないものだったとしても、それは認《みと》めなくてはならない。そしてカトリもまた覚悟《かくご》を決めていた。

汽笛が鳴った。もうすぐ汽車が出る。カトリは皆《みな》に別れを告《つ》げて、汽車に乗りこんだ。ほどなくしてベルがじりじりと鳴り、汽車が動きはじめた。見慣《みな》れた旧市街《きゅうしがい》の風景がゆっくりと加速し、そして後方に流れさってゆく。

さようなら、カトリは心の中で別れを告げた。競《きそ》いあうように曇天《どんてん》をつく煙突《えんとつ》、ひしめきあうように建てられた石造《いしづく》りの建物、曲がりくねった路地裏《ろじうら》、そこに暮《く》らす人々。この街のすべてがカトリの、今日で終わる少女時代の友であり教師《きょうし》であり家族であった。

カトリは名残《なごり》を惜《お》しみながらも、来《きた》る冒険《ぼうけん》への期待に胸《むね》をふくらませていた。より強く、より賢《かしこ》くなり、世界の謎《なぞ》を解《と》いてゆけば、いずれ別れた親友との再会《さいかい》も果たせるだろう。それまではそれぞれが別の道を歩むだけだ。

汽笛がもう一度ひびいた。カトリは胸元《むなもと》から懐中時計《かいちゅうどけい》を取りだして、しばらくそれをながめてから、ふたたびしまった。ロンドンははるか先、まだ旅ははじまったばかりだ。

東《ひがし》 曜太郎《ようたろう》

1992年生まれ。千葉県出身。一橋大学社会学部卒業。エディンバラ大学国際関係専攻修士課程修了。「カトリとまどろむ石の海」(『カトリと眠れる石の街』と改題・改稿して出版)で第62回講談社児童文学新人賞佳作に入選。本作は『カトリと眠れる石の街』『カトリと霧の国の遺産』の続編である。

参考資料：

John Bartholomew, F.R.G.S. 1886-87. Plan of Edinburgh & Leith with Suburbs, from Ordnance and Actual Surveys. Constructed for the Post Office Directory. Imprint [Edinburgh: Morrison and Gibb, 1886 to 1887], Reproduced with the permission of the National Library of Scotland.

Great Britain. Parliament. House of Commons. Musselburgh. Imprint [London: House of Commons, 1832], Reproduced with the permission of the National Library of Scotland.

カトリと夜《よる》の底《そこ》の主《あるじ》

2025年 4 月21日　第 1 刷発行

著者——————東《ひがし》 曜太郎《ようたろう》
装画——————まくらくらま
装丁——————岡本歌織 (next door design)
発行者—————安永尚人
発行所—————株式会社講談社
〒112-8001
東京都文京区音羽2-12-21
電話　編集　03-5395-3535
　　　販売　03-5395-3625
　　　業務　03-5395-3615

KODANSHA

印刷所—————株式会社新藤慶昌堂
製本所—————株式会社若林製本工場
本文データ制作———講談社デジタル製作

N.D.C. 913　238p　20cm　ISBN978-4-06-539114-3

本書は書き下ろしです。

本文用紙の原料は、伐採地域の法律や規則を守り、森林保護や育成など環境面に配慮して調達された木材を使用しています。【本文用紙：中越パルプ工業　ソリスト（N)】

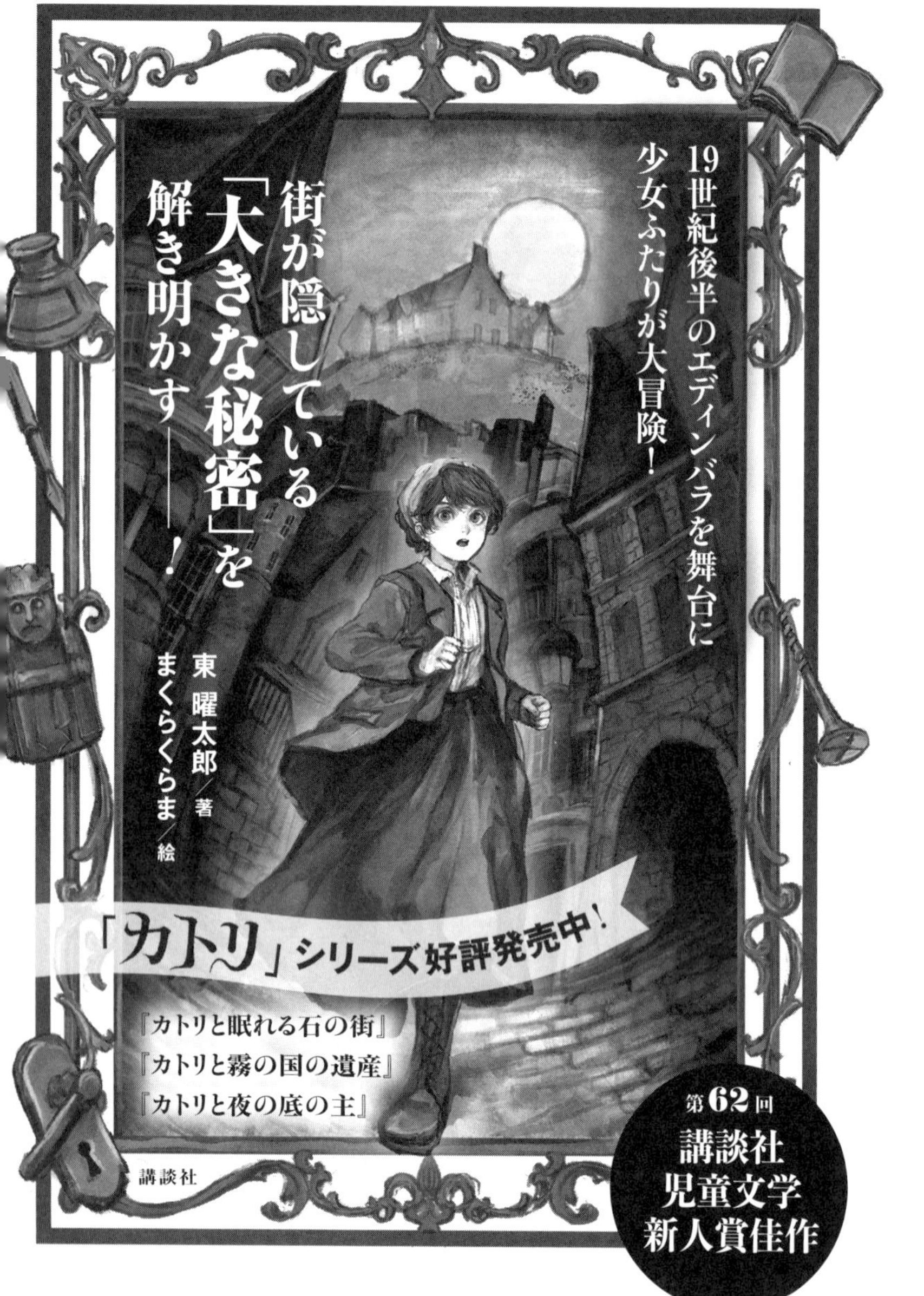
19世紀後半のエディンバラを舞台に
少女ふたりが大冒険！
街が隠している
「大きな秘密」を
解き明かす――！
東 曜太郎／著
まくらくらま／絵
「カトリ」シリーズ好評発売中！
『カトリと眠れる石の街』
『カトリと霧の国の遺産』
『カトリと夜の底の主』
講談社
第62回
講談社
児童文学
新人賞佳作

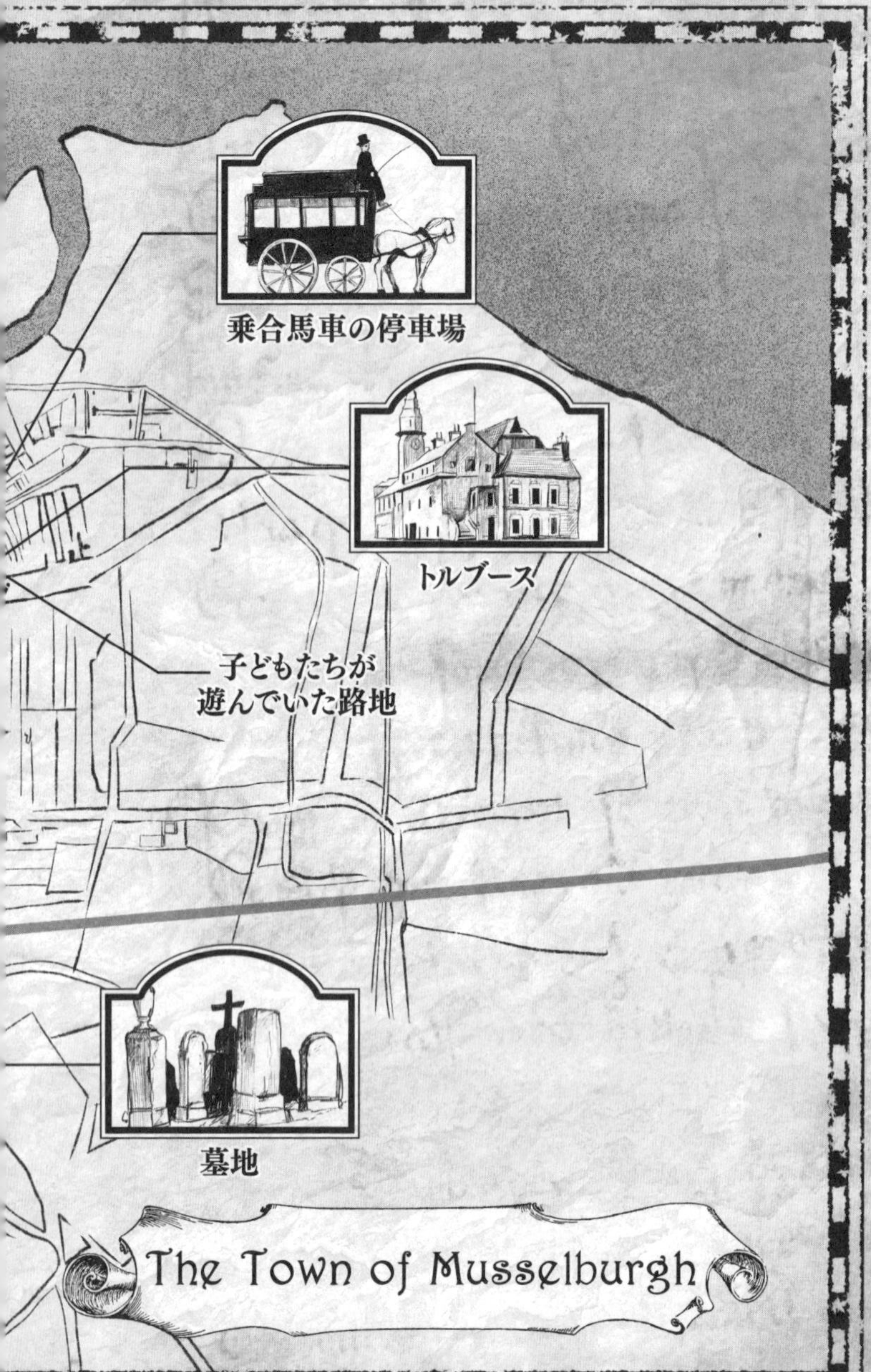
乗合馬車の停車場
トルブース
子どもたちが
遊んでいた路地
墓地
The Town of Musselburgh